석복수행 중입니다

석복수행 중입니다

정영희 산문집

bookin

작가의 말

어쩌다 시작한 칼럼과 여기저기 청탁받아 썼던 원고들이 산문집이란 초라한 초옥 하나를 만들게 되었다.

산문이란 내가 나에게 하는 대화였고, 내가 나에게 하는 고백이었고, '청동거울'을 바라보며 그린 나의 자화상이자 반성문이다.

회한과 후회와 부끄러움에 괜찮다고, 이만하면 괜찮다고 다독여주는 여정이었다.

비로소, 내 운명에게 어설픈 악수를 건넨다.

2018년 1월

정 영 희

Contents

제3부 자기 앞의 생을 살다

제4부 사랑했던 시간의 뒷모습

제1부

석복수행 중입니다

장락무극

장락무극長樂無極, 항상 즐겁게 오래 살라는 뜻이다. 이십여 년 전 우연히 박수무당 집에서 만나 여태 인연을 이어온, 내 또래 여자가 직접 부채에 이 글을 써서 주었다. 그 여자는 일본에서 태어난 재일교포 2세로 피아노를 전공했다. 스물일곱 살에 한국으로 시집왔고, 지금은 서예가로 대한민국미술대전 서예부문 심사위원을 하고 있다. 서예에 대한 지식은 별반 없지만 글씨체의 에너지나 조형적인 아름다움 정도는 느낄 수 있다.

부채에 쓴 그녀의 글씨는 영락없는 앙큼한 계집처럼 뻐대가 자그마하지만 옹골차게 한 필치에 써 내려간 듯 아름다웠다. 실제로 그녀는 키가 크고 여장부 스타일로 생겼으며, 다른 작품들은 스케일이

크고 에너지가 넘쳐 남성적이다. 그러나 내게 준 자그마한 부채에 써준 서체는 내 눈에 여성성이 보였다.

— 영희씨, 그렇게 수도자처럼 살지 말고 즐겁게 살아요. 즐겁게 살라고 이 글을 주는 겁니다.

일본 억양이 들어간 혀 짧은 소리로 말했다. 무리에 섞이는 걸 별로 좋아하지 않고, 세속의 즐거움을 별반 탐하지 않고, 단순하게 생활하는 내가 수도자처럼 사는 것 같았던 모양이다.

— 어머나, 명자(가명)씨. 고맙습니다. 즐겁게 살려고 노력할게요.

오피스텔에서 한 나절이나 수다를 떨다 갔다.

이십여 년 전, 그녀와 나는 삶의 갈림길에서 헤매다가 사기꾼 같은 박수무당에게 걸려 백만 원씩 뜯겼다. 그 집을 끝으로 그녀는 서예가의 길로 매진하고, 나는 대학원을 들어갔고 쓰던 글을 계속 쓰면서 '명리학' 공부를 했다. 내가 역학연구원을 차린 이후 그녀는 이제 내게 상담을 온다.

모든 사람들이 자신의 삶 속에서 '낙樂'을 찾지 않는다면, 그 생활의 반복은 지옥이 될 것이다. 사람들은 '낙'을 '쾌락'으로 오인하기도 한다. 재일교포 여자도 내가 전혀 즐겁게 살지 않아 보였기 때문에, 농담 삼아 그렇게 말했을 것이다. 여기서 말하는 '낙'은 '음주가무'도 아니고 '주색잡기'는 더욱 아니다.

학이시습지學而時習之면, 불역열호不亦說乎아, 배우고 때로 익히면 또한 기쁘지 아니한가. 공자의 『논어』에 나오는 말이다. 나는 무엇인가 새로운 것을 배우기를 좋아한다. 우연히 명리학을 배우다가 그 재미에 빠져 도끼자루 썩는 줄 몰랐다. 한동안 글을 못 썼다는 말이다. 그러나 지금은 호구를 해결하는 수단이 되긴 했다. 공자가 말한 '또한 기쁘지 아니 하겠는가'는 재미 다음에 오는 즐거움 즉 '낙樂'을 말함이 아닐까.

공자의 제자 중에 안회와 자공이 있었다. 어느 날 춘추시대 최고의 성현 공자에게 누군가 물었다.

— 제자들 가운데 학문을 가장 좋아하는 이가 누구입니까?

공자는 주저없이 안회라고 했다. 안회는 학문을 좋아하고 스승의 말을 잘 따랐다. 총명하고 깨달음이 남달랐다. 그러나 공자가 특별히 안회를 총애하는 이유는 그는 '낙樂', 즉 학문의 즐거움을 알기 때문이었다.

한 소쿠리의 밥과 한 표주박의 물로 가난을 견디면서도 도道를 찾는 학문의 즐거움을 버리지 않았다. 무엇을 입고 무엇을 먹든, 어떤 집에 살든 전혀 상관이 없었다. 학문의 즐거움을 아는 것이야말로 학문과 도덕의 경지에 다다른 것이라, 공자는 생각했던 것이다. 또한 스승의 가르침을 완벽하게 이해하고 '실천'했다. 어쩌면 공자가 말한 '습習'은 학문은 익히고 익히는 게 아니라 실천하는 의미였을 것이다. 배우고 익히기만 하고 도를 실행하지 않는다면 무슨 소용이란 말인가. 그러나 그는 세상을 일찍 떠나고 말았다. 공자는 처음으로 소리 내어 울었다고 한다.

또 다른 제자 자공은 공자의 제자 중에 가장 많은 재산을 모은 사람이다. 부가 3대까지 이어졌다고 한다. 그도 학문을 재미있어 했으니 공자의 문하생이 되었을 것이다. 그러나 그는 학문의 즐거움까지는 느끼지 못했다. 그는 정치적인 수완과 청산유수 같은 언변으로 공자가 중요하게 여기는 예와 도덕을 가볍게 여겼다. 그는 자주 공자에게 꾸지람을 듣곤 했다. 현실감각이 뛰어난 자공은 자부심이 강하고 세속의 예법에 구속되길 싫어하는 인물이었다. 하여, 인격과 도량이 공자가 원하는 군자 수준에는 미치지 못했지만, 공자도 그의 재능은 인정해주었다. 자공은 공자가 세상을 떠나자 6년 상을 치렀으며, 수많은 재력으로 공자를 천하제일의 성인으로 만들어 지금까지 존경 받을 수 있도록 했다.

현대 사회에서는 누가 뭐래도 안회는 루저에 속하고, 자공이 각광을 받을 게 뻔하다. 안회를 자공보다 높이 평가한 공자는 다만, 군자란 모름지기 어떤 '낙'을 즐거움으로 삼아야 하는가를 가르치려 했을 것이다. 어쩌면 자공은 재산을 모으는 데서 도를 찾고, 학문을 하는 것보다 더 즐거웠을지 모른다.

안회와 자공은 너무나 극명하게 다른 삶을 살았다. 복구자비필고伏久者飛必高(『채근담』), 오래 엎드려 있었던 자 반드시 높이 난다, 하지 않았는가. 29세에 요절한 안회의 수명이 30년만 더 길었더라면 그의 덕망은 빛을 보았을 것이다. 너무 일찍 죽어 업적이나 저서조차 없지만 스승 공자는 그를 최고의 제자라 했다.

학문이나 예술을 같다고 봤을 때, 안회와 자공처럼 극명하게 대비되는 인물이 떠오른다. 빈센트 반 고흐와 피카소다. 빈센트 반 고흐는 일생 그림으로 번 돈은 35센트에 불과했다. 남들은 도저히 견딜 수 없는 가난 속에서도 붓을 놓지 않았지만, 애석하게도 안회처럼 일찍 세상을 떠났다. 반면 피카소는 살아생전 그림으로 엄청난 부를 쌓았으며 장수했다.

젊은 날에는 당연히 자공의 삶이 훨씬 나은 것 같았다. 그러나 요즘 생활이 단순해지자 왜 공자가 안회를 첫 제자로 꼽았는지 알 것 같다. 인간은 누구나 일생을 살며 힘든 시기가 있다. 그럴 때 사람들은 대개 자신의 꿈을 접고 생활전선에 뛰어든다. 그리하여 웬만큼 돈을 번 후에 잃어버린 꿈에 대해 한탄한다.

나 또한 삶의 풍랑을 겪으면서 그마나 이렇게 잡문이라도 쓰고 있을 때가 가장 행복하다. 다 집어치우고 돈을 쫓아갔더라면 참으로 불행한 삶이었을 것이다. 그래서 비로소 안회의 삶과 공자의 뜻을 이해할 것 같다.

사실 안회가 좋은 선례를 남기지는 않았다. 나물 먹고 물 마시고도 학문에 정진하며 '장락무극'을 했어야지 공자의 말발이 섰을 텐데 말이다. 공자 또한 그 시대의 사상가들처럼 자신의 철학으로 나라를 부국시킬 원대한 정치가의 꿈이 있었다. 그러나 그 꿈은 아주 짧게 끝나고 말았다. 각국의 제후들을 찾아다녔지만 모두 거절당했다.

그쯤 되면 보통사람들은 학문을 버리고 권력자의 그늘로 들어가 호사를 누렸을 것이다. 그러나 공자는 고향으로 돌아와 제자를 키우며 학문의 즐거움을 놓지 않았다.

오랜 상담을 하다보면 별별 유형의 사람들이 다 온다. 끝없는 향락을 위해 돈을 버는 사람이 있고, 저승 갈 때 다 지고 갈 듯한 수전노도 있고, 소비를 위한 소비만 하며 남편 등골을 빼는 여자도 있다. 끝없는 욕망으로 정권이 바뀔 때마다 철새처럼 권력자의 깃발 아래 기어드는 사람도 있다. 그들은 자신들이 굴욕적인 삶을 사는 게 '낙'인 줄 착각한다.

물질적 소비나, 외모지상주의적인 소비에서 '낙'을 찾거나, 음주가무나 주색잡기에서 '낙'을 찾는다면 소금물을 마시는 것과 같아 끝없는 갈증에 시달리게 된다. 아마 패가망신의 지름길일 것이다. 해서, 아직도 공자의 가르침이 이 시대에도 유효한 까닭이다.

독립불구獨立不懼(혼자 있어도 두려워하지 않고), 돈세무민豚世無悶(은둔해 있어도 고민하지 않는다)할 수 있어야 진정한 도를 알고 내공이 있다고 할 수 있겠다. 하루 종일 전화 한 통 오지 않아도 난잎 닦아주며, 난이 꽃대를 밀어올리는 적요한 아름다움을 바라보는 것 또한 즐거운 요즘이다.

당신은 무엇을 하고 있을 때 '낙樂'을 느끼십니까?

석복수행 중입니다

“나는 그대에게 출가해서 불법을 배우라고 권하지는 않겠다. 단지 복을 아끼는 수행을 하라고 권하겠다.” 송나라 여혜경이 항주절도사로 있을 때 대통선사의 선본을 찾아가 가르침을 청하자, 선사가 한 말이다. (한양대 정민 교수의 「세설신어」 중에서)

석복惜福, 복을 아낀다는 말이다. 석복수행은 복을 아끼는 수행修行, 즉 현재 누리고 있는 복을 소중히 여겨 더욱 검소하게 생활하는 태도를 말한다.

매일 아침 일어나서 커피를 마시고, 신문을 보고, 청소를 하고, 빨래를 하고, 출근을 하고, 일을 하고, 밥을 먹고, 저녁에 집에 와서 또 밥을 먹고 설거지를 하고… 언제나 ‘하고ing’ 있는 중에 집중을 하는 게 수행이며 기도며 참선이라는 걸 깨닫는데 참으로 오랜 시간이 걸렸다.

젊은 날 수행이나 기도나 참선은 저 높은 곳의 차원이나, 어딘가 신성한 장소에 가야지만 이루어진다고 생각했다. 기도가 뭔지도 몰랐다. 그저 신神에게 내가 원하는 걸 이루게 해달라고 비는 게 기도인 줄 알았다. 막연히 아들을 위한 기도를 일 년 전부터 시작했다. 참 염치도 없이 제발 저의 아들에게 자비를 베푸시라고 빌었다. 첫 마음은 그랬다.

그러나 기도를 할수록 점점 내 마음을 바라보기 시작했다. 내가 기억하는 한 어린 시절부터 지금까지 살아오며 잘못한 일들이 환하게 보이기 시작했다. 하염없이 눈물이 났다. 얼마나 교만하게 살았는지, 몸이 오그라들도록 부끄러웠다. 먼지보다 더 작은 나를 발견하는 순간 사라지고 싶었다. 그동안 인간이란 존재가 하찮은 미물에 불과하다고 생각한 건 그저 관념에 불과했다. 내게 주어진 복을 아낄 줄 모르고 함부로 쓴 죄가 이렇게 힘든 시간으로 돌아오는구나 싶었다. 석 달 열흘쯤 울고 나니 눈이 파랗게 변해 있었고, 마음이 고요해졌다. 이 고요한 마음이 참 좋다.

팔순이 넘은, 가톨릭 신자인 어머니는 매일 아침저녁으로 묵주기도를 한다. 부활절이 다가와 '고해성사'를 할 때 신부님께 아침저녁으로 묵주기도를 하는데 부족하지요, 하고 고백을 했단다. 그러자 신부님께서 그 정도면 충분합니다, 그래도 성사를 본 보석으로 묵주기도를 한 단 더 하라고 했단다.

어머니의 기도는 뻔하다. 자식과 손자와 증손자가 오늘 하루 무사히 잘 지나가기를 비는 것이다. 언제부턴가는 자는 잠결에 당신을 하늘나라로 데려가 달라고도 빈다고 했다.

— 인간은 얼마나 아파야 죽을까?

무릎 관절염에 시달리는 어머니가 어느 날 전화로 한 말이다. 나는 잠시 아무 말 하지 못했다. 인간이 고통을 더 이상 견딜 수 없을 때, 신은 그때에야 비로소 '구원'해준단 말인가. 그 구원이 우리가 알 수 없는 다른 세상으로의 이동일 거라 생각한다. 태아가 더 이상 양수에서 견디지 못하고 바깥세상으로 이동하듯 말이다. 어머니는 평생 석복을 하느라 힘드셨는데, 이제 그 복을 좀 누릴 만해지자 몸이 아프기 시작했다. 인간은 한 삶을 온전히 걱정근심 없이 살다가기는 어려운 모양이다.

며칠 전 서른다섯 살 과년한 딸의 사주를 보러온, 육십대 여인의 얼굴이 어찌나 평온하고 고요하던지, 이 여인은 복을 많이 저금해 두었구나 싶었다. 항아리에 물을 채우려 해도 우물에서 물을 길어 옮기는 수고로움을 감수해야 한다. 하물며 복을 저금하는 데 힘들지 않겠는가.

복을 '저금'한다는 건 결국 힘들고 고통스런 일인 것이다. 그 여인은 평생 고생을 모르고 살았지만, 저렇게 평온한 얼굴은 자신이 알 수 없는 어느 시간 동안, 복을 저금하느라 힘든 시간을 보냈을 것이다. 그게 그녀가 기억할 수 없는 전생이든, 전전생이든 말이다. 아니면 덕을 많이 베풀며 살아, 복이 마르지 않게 살았는지도 모른다.

십 년간 간암을 앓던 남편의 병수발을 하던 친구는 그 십 년간 복을 엄청 저금해 두었는지, 남편이 떠나고 얼굴이 평온해졌다. 뭐든 나누고 베풀려고 애썼다. 이거 예쁘네, 하고 말하면, 너 해, 라고 말하며 선뜻 준다. 무엇에든 집착하지 않는 모습이 한 '도道' 닦은 것 같다. 난 아직도 내가 아끼는 물건에 대한 애착이 강하다. 남들에겐 하찮은 물건이지만 내겐 그 물건과의 소중한 추억이 있는 것이다. 추억을 공유한 물건을 잃어버리면 며칠이고 별리의 아픔을 견딘다. 이래가지고 득도는 무슨, 요원한 꿈으로 남을 게 분명하다.

불행하고 힘든 사람은 말이 없다. 또한 자신의 처지를 돌아보며 남 몰래 눈물을 흘린다. 눈물이 많은 사람은 언제나 자신을 한없이 낮출 줄 아는, 영혼이 깨끗한 사람이다. 영혼이 깨끗한 사람은 머지않아 '추운 겨울이 다 지나가고, 꽃 필 차례가 바로 그대 앞에'(김종해의 시 「그대 앞에 봄이 있다」 중에서) 있으리라 생각한다.

자신의 사주팔자가 궁금해 찾아오는 상담자들에게 하는 말이 있다. 그들은 대부분 힘든 시간을 보내는 사람들이 많다. 이 생년월일시, 네 기둥의 여덟 글자는 하느님의 프로그램이자, 바코드다. 그럼 왜 자신은 이 바코드로 태어났을까 질문하게 된다. 종교적으로 해석하면 쉽다. 종교란 인간을 위로하기 위해 존재하는 것 아닌가. 불교적으로 해석하는 게 가장 우리 정서와 맞아떨어진다. 지금의 힘든 삶은 전생의 업業이자 성적표다. 가톨릭적으로 해석하면 자신의 십자가며, 하느님의 디자인이다.

그럼 왜 자신은 이렇게 힘든 생으로 디자인 됐을까. 그건 신의 뜻이다. 신의 뜻을 인간이 알 수는 없지만 짐작은 할 수 있다. 힘들고 고통스런 삶은 우리의 영혼을 더욱 높은 단계의 영혼으로 성숙시키려는 게 아닐까. 그래서 '부자가 천국 가기는 낙타가 바늘구멍에 들어가기보다 어렵다'고 하는지.

인간적으로 해석하면 고통스런 삶은 복을 저금하는 시기이며, '석복수행'의 시기라 생각한다. 지금 고통받는 사람들은 어느 순간 항아리에 물이 가득 차듯, 복이 가득 찰 것이다. 힘든 시기를 보내는 아들에게 차를 타고 가며 이 얘기를 해줬다. 알아들었는지 못 알아들었는지 차창 밖으로 눈길은 보내며, 제 항아리는 엄청 큰가 보네요, 했다.

복을 아끼기만 하면 안 된다. 복을 아껴서 덕을 베풀어야 석복수행의 완성이다. 또한 복을 저금하지 않고 쓰기만 한다면 언젠가는 저금한 복이 바닥을 드러낼 것이다. 그 복을 다시 채우려면 천 년이 걸릴지도 모른다. 수많은 생을 '고달픈 삶'으로 거듭 살아내야 할 것이다. 그러나 복을 채워가면서 살면 복이 쉽사리 바닥나지 않을 것이다. 복을 저금하는 일은 덕을 베푸는 것이다.

덕을 베푼다는 것은 꼭 물질만을 말하는 것은 아니다. 맹자는 인간의 본성을 선하다고 생각했다. 인간의 본성이 선한 이유는 사덕四德을 가지고 있기 때문이다. 사덕이란 인의예지仁義禮智를 말한다. 즉 인은 측은지심惻隱之心(인간을 불쌍히 여기는 마음)이며, 의는 수오지심羞惡之心(불의를 부끄러워하는 마음)이며, 예는 사양지심辭讓之心(겸손한 마음)이며, 지는 시비지심是非之心(옳고 그름을 분별하는 마음)이라 했다.

사덕을 잘 행하는 것만으로도 우리는 덕을 베푸는 것이고, 복을 저금하는 일이 되는 셈이다. 덕을 쌓는 일은 멀고도 험하다.

아무튼, 저는 지금 석복수행 중입니다. 세상의 모든 석복수행 중인 이들의 평화를 빕니다.

어디 닭 우는 소리 들렸으랴

까마득한 날에

하늘이 처음 열리고

어디 닭 우는 소리 들렸으랴

이육사의 시 「광야」 첫 연이다. 이육사 여름문학학교 '광야'반 담임을 1박2일 하고 돌아왔다. 초등학생부터 성인까지 문학학교 열기는 대단했다. 중요 행사는 시 암송대회와 백일장이었다. 내가 한 일은 그들이 시를 암송하고 백일장을 잘 치르도록 문학 전반에 대한 조언과 산문 부문 심사를 하는 거였다.

암송은 이미 내가 지도할 것도 없이 줄줄 외우는 이들이 많았다.

그러나 심사를 할 때는 정신을 똑바로 차렸다. 내 결정이 한 사람의 인생을 바꿔놓을 수도 있다는 걸 나는 알기 때문이다. 내가 그랬으므로. 초등학교 4학년 때 교내 백일장에서 장원을 했을 때 심사를 한 여선생이 “넌 글을 참 잘 쓰는구나. 나중에 훌륭한 작가가 되겠다”라고 한 이후 내 꿈은 작가가 되는 거였다. 그때는 산문 부문이었지만, 동아일보 소년소녀 글짓기대회에선 시詩가 당선되기도 했다.

고등학교 2학년 때까지는 시를 더 많이 썼다. 생각해보면 내가 시인이 아니고 소설가가 된 것 또한 어느 남학생의 말 한마디 때문이기도 하다. 고등학교 1학년 5월, 어떤 경로로 영자신문 스튜던트타임사 학생기자가 되었는지 기억에 없지만, 아직도 그 임명장이 내게 있다. 아마 YMCA에 그 사무실이 있었을 것이다.

학교 수업을 마치면 그곳으로 가서 회의를 하거나, 책을 보거나, 기사를 쓰거나 하며 놀았다. 같은 학년 학생기자가 나 말고도 남학생 세 명이 더 있었다. 그 중에는 내가 다니던 여고와 같은 가톨릭 재단이면서 성당 묘지를 사이에 두고 마주한 D고에 다니는 남학생도 있었다. 이름은 생각나지 않는다.

어느 날 내 시 습작 노트가 없어졌다. 그 시절 꽃무늬가 연하게 프린트된 두툼한 시크릿노트가 유행이었다. 그 두툼한 노트 가득 시를 썼고, 산문도 썼고, 때론 일기도 썼다. 말하자면 나만의 치기 가득한

'브레인스토밍' 노트였던 것이다. 누가 가져가지 않고선 사라질 리 없었다. 내 분신 같은 노트를 멍청하게 분실할 리 없었기 때문이다. 한 달쯤 그 노트가 사라졌다. 고등학교 2학년 가을이었다.

가을이 되면 내가 다닌 여고는 국화꽃전과 시화전과 문집전을 같이 했다. 그 축제를 하는 동안에는 금역禁域의 여고에 남학생들이 마음대로 들어올 수 있는 절호의 기회가 되는 시간이었다. 시작 노트를 잃어버린 나는 어설프게나마 「미나리깡에서」라는 시화를 강단 벽에 걸고, 문집을 문집전에 출품했다. 일,이학년 전원이 각자의 문집을 나름대로 엮어 전시했다.

내 시화 밑에 누군가 붉은 장미 한 송이를 붙여 놓았다. 다음 날에는 문집전 당번이 어떤 남학생이 내게 전해주라고 했다며 장미 꽃다발을 안겨주었다. 그리고 내 문집 뒷장에 한마디를 남겼다.

— 그대의 울부짖음을 사랑하고,
그대의 절망을 사랑합니다.
옆집 K가.

카프카의 K도 아니고, 옆집 K라니. 옆집이라면 D고가 아닌가. 그리고 사랑이라니. 나는 더러운 구정물이라도 튄 듯 기분이 나빴다. 축제는 끝이 났다.

‘폴란드 망명정부의 지폐’는 내 어깨를 툭툭 쳤다. ‘황량한 생각 버릴 곳 없어’ 걷고 또 걸었다. YMCA에 나올 날도 얼마 남지 않았다. 고3이 되면 대입 준비를 위해 모든 서클 활동을 그만두었다. 어느 바람 부는 날 사무실에 갔는데, D고 남학생이 잃어버린 내 시 습작 노트를 주며 한마디 했다.

— 시는 아니네요. 산문 쪽이지.

얼굴에 화롯불을 뒤집어 쓴 것 같았다. 나는 그 노트를 더 이상 찢을 수 없을 때까지 찢어서 버렸다. 그 후 다시는 YMCA 사무실에 가지 않았다. 그것으로 나는 문학과 결별했다.

학생기자 선후배들과 책을 읽고 토론도 많이 했었는데, 이름들이 하나도 생각나지 않는다. 그 남학생 때문에 그 시절의 기억을 완전히 지워버렸는지 모른다. 고3이 되어 나는 미술대학에 들어갈 준비를 했다. 오빠는 서울로 유학을 갔지만, 나는 서울로 가지도 못하고 지방대학 미술대학에 입학했다. 학교에 정을 붙일 리 없었다. 매일 도서관에서 소설을 썼다. 문학과의 결별은 속절없는 내 머리와의 약속일 뿐, 내 가슴은 그 약속 따윈 지킬 수 없었다.

대학교 1학년 때 쓴 단편소설「아내에게 들킨 생生」이 시문학이 주최한 전국대학생 문예 소설 부문에 당선되었다. 정을병 선생이 뽑아주었다. 웬 미대생이 소설에 당선되자, 대구매일신문에 기사가 나기도 했다. 시인이기도 한 L기자의 기사인 걸로 안다.

'나는 아내의 애벌레였다'로 시작하는 소설이다. 이상의 「날개」 오마주였다. 그러고도 대학교 3학년 때는 동성로 '유경다방'에서 시화전도 했다. 뉴욕에 사는 내 절친 J는 아직도 그 '천마시화전' 팸플릿을 간직하고 있다. 문단에 이름은 못 올렸지만, 그녀의 시 「바래움」은 김춘수 선생의 호평을 받기도 했다. 그때 함께 시화전을 한 사람 중 문단에 나온 사람은 현대문학에 있다가 소설로 등단한 강석하와 시인 서정윤 정도였다. 서정윤은 D고 출신이고, 나중에 시집 『홀로서기』는 베스트셀러가 되기도 했다.

D고에는 '태동기'라는 유명한 문예반이 있었다. 나를 문학과, 아니 시와 결별하게 만든 D고 남학생이 문집전에 꽃을 두고 간 '옆집 K'였는지 알 수 없다. 또한 그가 태동기 멤버였는지도 알 수 없다. 물증은 없지만 그러나 심증은 있다. 감히 남의 인생에 끼어들어 훈수를 할 정도면 어느 정도 문학의 냄새를 맡을 수 있었기 때문일 것이다.

한번쯤 내 앞에 나타날 만도 한데 여태 '옆집 K'는 만나지 못하고, 수많은 태동기의 '옆집 K'들이 줄줄이 문단에 이름(서정윤 박덕규 권태현 하응백 안도현 이정하 김완준 최보식 이경식 조성순 등)을 올렸다. 꽃을 든 남자는 휘발성이 강하다는 것도 알게 되었다.

정신을 똑바로 차리고 원고의 이름을 가린 채 산문부 심사를 했다. 자칫 남의 인생을 바꿔놓을 수도 있기 때문이다. 아이스크림 '쌍

쌍바'를 첫사랑에 비유한 남학생과 아들의 담임선생(남자)을 짝사랑한 얘기를 쓴 두 작품을 뽑았다. 진솔하게 자신들의 마음을 묘사한 걸 높이 샀다. 첫사랑이나 짝사랑은 언제나 아픔을 동반한다. 사랑에 상처 받은 사람을 위무해주는 것 또한 문학의 소임 중 하나다.

까마득한 날에/ 하늘이 처음 열리고/ 어디 닭 우는 소리 들렸으랴

이육사의 「광야」 첫 연은 언제나 D고의 문예반 '태동기'를 떠올리게 한다. '태동기'를 떠올리면 이름도 얼굴도 생각나지 않는 '옆집 K'가 생각나곤 했다. 그들이 벌써 50주년이나 되었다고 한다. 대단한 태동기다.

'태동기'는 영원히 '태동기'여야만 한다. 알에서 깨어나길 거부하는 새처럼, 3세에 성장이 멈춰버린 『양철북』의 '오스카'처럼, 영원히 어른이 되지 않는 '피터팬'처럼, 그들이 영원히 소년이길 바란다. 알에서 깨어나거나, 청년이 되거나, 어른이 되면 무슨 짓을 할지 모르기 때문이다. 태동기인 지금도 문단을 휘젓고, 남의 인생에 끼어들기도 하지 않는가 말이다.

어디 닭 우는 소리 들을까 겁이 난다. 그들 중 누구라도 닭 우는 소리 듣고 서서히 깨어난다면 세상이 위험해질 게 뻔하기 때문이다.

어디 닭 우는 소리 들렸나요?

나는 아직도 비구니가 되고 싶다

작고하신 소설가 최인호 선생의 수필집『나는 아직도 스님이 되고 싶다』라는 책이 있다.

그는 가톨릭 신자였지만 "생사의 허물을 벗기 위해 백척간두에 홀로 서서 한 발자국 더 나아가는 시퍼런 중, 한참을 살다가 언제 가는지도 전혀 모르게 대숲을 지나는 바람처럼 왔다가 물 위에 비친 기러기처럼 사라지는 중, 법문이고 나발이고 누가 물으면 그저 천치처럼 살다가 잠시 나와 노는 세상이 너무나 아름다워 혼자서 물에 비친 얼굴 들여다보면서 빙그레 웃는 그런 중이 되고 싶다"고 했다.

아무튼 최인호 선생은 좋은 건 혼자 다 하고 싶다고 했다. 수壽를 못 누리셨지만, 작가로서 그만한 삶이면 황제가 안 부러운 한 생을 살다 가셨다고 생각한다. 내 나이 마흔 즈음 그 책을 접했을 때, 와락 질투가 났던 기억이 새롭다. 나야말로 '아직도 비구니가 되고 싶다'. 최인호 선생처럼 그렇게 멋진 중이 아니고 그저 3초마다 찾아오는 이 삶의 번뇌를 내려놓을 수 있는 평온한 비구니가 되고 싶다.

돌이켜보면 내겐 절에 대한 향수가 있다. 겨울철 절집 사랑채 툇마루에 비춰드는 따스한 햇살과 여름이면 살랑살랑 부는 바람과 적요만이 가득한 공간의 멈춘 듯한 시간들. 신새벽의 아득한 예불 소리. 불목하니 아저씨가 생소나무로 깎아준 인형. 그 각시 인형을 오래도록 간직했었는데 어디로 사라졌는지 알 수 없다. 그리고 저승인 듯 들리는 소쩍새 소리. 어린 마음에도 그 순간 그곳이 참 좋구나, 하고 생각했다.

외할머니는 큰 무당이었다. 어머니의 생모는 아니었다. 그 사실은 고등학생이 되어서야 알았다. 어릴 때 외가에 가면 외할머니 방에 모셔져 있는 법당이 있었는데 외할머니는 신새벽마다 물을 떠놓고 기도를 했다. 나는 어쩐지 그 기도 소리가 좋아 늘 자는 척하며 외할머니 방에서 그 기도 소리를 들었다. 외할머니는 돈을 많이 벌어 팔공산 자락에 '연화사'라는 절을 지었다. 외할머니가 돌아가시기 전까지는 미혼모들을 보살피는 쉼터로 내어주었고, 외할머니가 돌아가신 후는 조계종으로 넘어갔다고 들었다.

나는 방학이 되면 늘 그 절에 가서 살았다. 지금은 그 일대가 개발되어 큰길에서 얼마 떨어져 있지 않은 절인데 그때는 첩첩산중에 절이 있었다. 공양주 할머니가 담근 산초장아찌의 맛은 잊을 수가 없다. 뜨거운 쌀밥에 그 짜디짠 산초장아찌 한 알을 얹어 먹으면 밥이 저절로 목구멍으로 넘어갔다. 그 작은 열매 안의 고소한 기름 맛을 식별해낸 것이다. 아무런 젓갈도 들어가지 않은, 소금으로만 담근 김치도 소금 속의 단맛을 나는 알 수 있었다. 그 정갈한 맛과 비구니들이 입는 회색 가사장삼이 나는 언제나 그립다. 평생 회색이나 검정색의 옷을 입어라 해도 싫증 안 낼 자신이 있다. 세상사 의식주가 너무 번거롭고 수다스럽다는 생각이 들 때가 많다.

현각 스님이 쓴 『하버드에서 화계사까지』라는 만행萬行 책을 보며 또 한번 비구니가 되고 싶은 욕망이 속에서 생생하게 똬리를 틀고 있음을 발견했다. 그 책도 아마 마흔 즈음에 읽은 것 같다. 밑줄을 쳐가며 밤새 사랑에 빠진 소녀처럼 떨림을 억누르며 읽었던 기억이 난다. 현각 스님은 숭산 스님의 'Who are you?'라는 한마디에 모든 세속의 부와 명예를 내려놓고 한국으로 와 스님이 되었다.

그 책을 읽으며 잠시 눈을 감고 울음을 삭힌 기억이 난다. 무량 스님 때문이었다. 예일대를 나온 무량 스님은 혼자 캘리포니아 모하비 사막에서 절을 짓고 있었다. LA에서 북쪽으로 두 시간쯤 달리면 닿는 곳이었다. 무량 스님은 어릴 때 어머니가 병으로 일찍 돌아가셨고, 그 일로 삶과 죽음에 대한 근원적인 의문을 가지게 되었다. 그 역시 숭산 스님을 만나 출가를 했다. 유복한 변호사의 아들로 태어난 그는 부족한 게 없는 사람이었다. 그런 그가 출가하여 홀로 사막에서 한국 사찰을 짓고 있었다.

그 책에는 무량 스님의 사진이 있었는데 그 얼굴이 그리스 조각처럼 아름다웠다. 먼 곳을 응시하는 그의 깊은 눈빛은 이 우주와 맞선 하나의 생명체인 동시에 어떤 운명도 받아들이겠다는 고요한 순교자의 눈빛이었다. 의연함이라는 단어로는 표현이 미흡했다.

나는 당장 비행기를 타고 캘리포니아 모하비 사막으로 날아가 말없이 무량 스님을 도와주고 싶었다. 누더기 승복 한 벌로 쉼 없는 노동을 수행이라 생각하며 묵묵히 일을 하는 모습은, 세상에 불평불만이 많은 나를 숙연하고 부끄럽게 만들었다. (몇 년 후 그가 '태고사'라는 절을 혼자 완공했다는 기사를 보았다.)

그는 신神과의 약속을 지키기 위해서였을까. 아니면 자기 자신과의 약속을 지키기 위해서였을까. 아니면 전생의 습習일까. 전생의 채무債務일까. 우문愚問인 거 안다.

— 생각할 때 생각할 뿐, 들을 때 들을 뿐, 볼 때 볼 뿐, 먹을 때 먹을 뿐, 그게 다입니다. 생각할 때 생각하세요, 생각하는 시간이 아닐

때 생각할 필요가 없습니다. 머릿속으로 따지지 마세요.

숭산 스님의 말씀이다. 숭산 스님 말씀처럼 쉽다면 누군들 부처가 되지 않겠는가. 3초마다 찾아오는 번뇌와 실타래처럼 얽혀 있는 인연을 무 자르듯이 툭, 자를 수만 있다면 지금이라도 길을 나서고 싶다. 얼마 전 조계종에서 '은퇴 후 출가 제도'를 만들겠다는 소식이 있었다. 어쩌면 최인호 선생도 못해본 출가를 할지도 모르겠다는 생각을 잠시 해봤다.

마흔이 넘어 대학원 공부를 했다. 그 당시 남편의 중국 사업이 부도가 나서 강남에서 성남으로 이사를 한 상태였다. 미술대학을 나온 나는 문예창작학과에 대한 그리움이 남아 있었다. 그때 안 하면 평생 후회할 것 같았다. 앞날이 캄캄할 때였지만, 뜻이 있는 곳에 길이 있는 법이다. 대학원을 갈 생각도 하기 전에 부처님 꿈을 꾸었다. 누군가 나를 뒤에서 안고 높은 바위산에 올려주었는데, 눈앞의 기암절벽이 거대한 푸른 부처님 얼굴이었다. 어느 순간 나는, 내가 앉은 바위산을 조각하고 있었다. 그 바위산 역시 부처님 얼굴이었다. 생생한 꿈은 평생 잊히지 않는 법이다. 그 꿈을 꾸고 얼마 지나지 않아, 동국대대학원에 원서를 냈다. 합격(기성작가들에게 총장 장학금을 주었다. 물론 한 과목 빼고 모두 올 A+를 받았지만)했다. 입학식 날 '찬불가'를 듣는 순간 그 꿈이 생각났다. 그 꿈이 내가 불교재단인 동국대학교에 들어갈 꿈이었던 것이다.

집이 성남이었으므로 차를 가지고 다녔다. 경부고속도로를 타고 한남대교를 지나 국립극장과 장충단공원과 신라호텔이 있는 장충단로를 따라 동국대학교를 오갔다. 그때 나는 미샤 마이스키의 첼로곡을 듣고 있었다. 해거름의 연둣빛 가로수 잎들이 바람에 잎을 뒤집으며 반짝였다. 그런데 한남동을 지나 장충단로를 접어들면서 한순간 첼로 소리가 아득하니 물러나고, 눈앞의 풍경이 확대되었다. 나는 속도를 줄였다. 시공간이 다른 거대한 스크린 속으로 진입하는 것 같았다. 그건 장충단로의 가로수를 따라 양옆으로 내걸린 연등 때문이었다. 사월초파일이 가까워 오면 거리에 연등이 내걸린다. 연등이 내걸린 해거름 거리 풍경은 언젠가 꼭 그런 풍경 속에 서 있었던 데자뷔deja vu와 함께 와락 사무치는 향수를 불러일으키곤 했다.

이북오도청에서 사모바위 쪽으로 올라가는 북한산 산길에도 사월초파일이 가까워지면 연등이 내걸렸다. 승가사僧伽寺로 이어지는 그 길은 등산객들이 거의 다니지 않는 길이다. 연등이 내걸린 그 적막한 산길을 타박타박 걷고 있을 때도, 분명 그 길을 하염없이 걸었던 적이 있는 것 같았다. 그렇게 호젓한 산길을 걷고 있을 때면 한순간 모든 시름이 사라지는 듯했다. 아, 나는 아직도 비구니가 되고 싶다.

I hope for nothing,

I fear nothing,

I am free.

나는 아무것도 원하지 않는다, 나는 아무것도 두렵지 않다, 나는 자유다. 『그리스인 조르바』를 쓴, 그리스 소설가 '니코스 카잔차키스'의 크레타 섬에 있는 묘비명이다. 소설가이면서 이미 '한소식'하고 떠난 그가 부럽다.

나는 윤회를 믿는 가톨릭 신자다

'나는 윤회輪廻를 믿는 가톨릭 신자다'라는 제목으로 칼럼을 쓸 거라고 친구에게 말했다. 그 친구는 밤길 조심해야 할지 모르니까 걱정된다고 했다. 칼럼이란 개인적인 의견을 제시하는 글의 형태다. 여러 사람이 공감하는 글이면 더욱 좋겠지만, 소수의 사람들이 고개를 끄덕일 수 있는 글일 수도 있는 것이다. 그 친구는 가톨릭 신자지만 나랑 말이 통한다. 말하자면 가톨릭 근본주의자는 아니라는 말이다.

어떤 종교든 근본주의자들은 위험하다. 그들은 자신의 종교 이외는 모두 이단으로 치부하고 악령으로 본다. 기독교 근본주의자로 변신한 친구를 나는 영영 잃은 느낌이었다. 그녀는 입만 열면 모든 종교를 비난했다. 나는 어떤 종교든 종교에 대한 편견은 없다. 심지어

농담으로 종교는 가톨릭인데 신앙을 붓다이즘 플러스 샤머니즘이라고 말할 때도 있다.

오래 전에 본 다큐멘터리 방송이 생각난다. 독일여자가 우리나라의 무속인 '김금화' 씨를 찾아와 신내림을 받고 '김금화' 씨의 신딸이 되었다. 그녀는 어떤 령의 힘에 의해 방언을 마구했는데 그게 한국말이었던 것이다. 그녀는 남편도 있고 딸도 있는 가톨릭 신자였다. 독일로 돌아가 신부님을 만나 자신이 무당이 되었다고 고백을 한다. 그러자 그 독일 신부님의 말이 정말 인상적이었다.

— 당신을 우리 교회가 돌보지 않아 정말 미안합니다. 그러나 괜찮습니다. 당신은 당신의 신을 섬기세요. 누구나 자신의 신을 섬기며 사는 겁니다.

우리나라 인구의 30프로 가량이 윤회를 믿는다고 한다. 그 30프로 안에는 불교 신자는 물론이고 가톨릭 신자와 기독교 신자도 포함되어 있다. 윤회을 믿지 않으면 이 세상에서 해석되지 않는 것들이 너무나 많다. 나는 불교 교리를 모른다. 여기서 말하는 건 그저 내가 생각하는 '상식적이고 단순한 의미의 윤회'를 말하는 것이다.

철이 들면서부터 든 오랜 궁금함은 '천재'들에 관한 것이었다. 인간은 누구나 똑같이 무지의 상태로 태어난다. 그런데 왜 바이올리니스트 '장영주'나 첼리스트 '장한나' 같은 음악가들은 어릴 때부터 천재적인 연주를 할 수 있느냐는 것이다. 오랜 생각 끝에 얻은 단순한 답은 모든 사람들이 지금하고 있는 자신의 직업을 죽을 때까지 갈고 닦으면 다음 생에 태어날 때는 지금 보다는 조금 더 '진화된 영혼'으로 태어날 것이라는 것이다.

그렇게 수많은 생을 그치다 보면 어느 생에선가 인간이 신神의 경지에 이르는 때가 있으리라. 여기서 신의 경지라는 것은 카르마가 완전히 깨끗한 상태를 말한다. 그런 사람은 더 이상 인간으로 다시 태어나지 않아도 되는 것이다. 가톨릭적으로 해석하면 천국에 갈 것이고, 불교적으로 해석하면 극락으로 갈 것이다. 말하자면 윤회의 고리에서 빠지게 되는 것이다.

직업의 업業이 불교에서의 카르마라고 하는 업業과 한자가 똑같다. 불교의 윤회론은 전생의 업에 따라 다음 생의 행복과 불행이 정해진다고 한다. 이승에서 만나는 인연 또한 업연業緣에 의한 것이라 하니, 착하게 잘 살아야겠다는 생각을 한다.

피조물인 인간은 불완전한 존재이므로 유혹에 약하다. 그래서 착하게 살기가 쉽지 않은 것이다. 조물주인 하느님은 그런 인간에게 부처님이나 예수님 같은 선지자를 보내 선함의 가드레일을 정해준 게 아닐까. (생각이 같지 않다고 돌을 던지지는 마시라.)

수많은 생을 살며 더럽혀진 영혼을 정화시키고, 더욱 진화시켜 완전한 영혼으로 만들어가는 과정이 우리들의 삶이라는 생각을 한다. 그 과정이 힘들고 고통스런 삶일수록 영혼은 더욱 깨끗해지겠지만, 그 과정 동안 또다시 부정적인 삶을 살면 말짱 도로묵인 것이다.

그 지난한 삶의 과정을 글로 묘사해서 '이것이 인생의 맛'이다, 라고 보여주는 게 소설가의 업인 것 같다. 내 글을 읽고 조금이라도 위안이 된다면 좋겠지만, 그 반대이면 난 새로운 업을 쌓게 되는 걸까.

전생에서 남을 아프게 하면 이승에서도 그만큼 자신도 아픔을 당해서 전생 채무를 청산해야 우리의 영혼이 조금씩 진화되는 것이라 생각한다. 이런 생각을 하면 가족과 주위 친구들과 내게 상담하러 오는 사람들이 예사로 보이지 않는다. 모두들 수많은 전생 중 어느 생에선가 나와 서로 인연을 주고받은 사이인 것이다.

나름대로 삶의 기준을 세웠다. 나를 몹시 힘들게 하는 사람은 내가 그 사람에게 전생의 채무가 있는 것이고, 그 힘든 고통을 겪으면 내 영혼은 조금 더 성숙해질 것이다. 그러나 혹여 내가 누군가를 아프게 할 때는 새로운 업을 짓는 게 아닌가, 하고 생각하기로. 그러니 항상 깨어 있어야 한다.

그런데 살다보면 그렇게 나를 힘들게 했던 사람이 어느 순간 아무런 감정의 찌꺼기조차 남아 있지 않게 되는 경우가 있다. 업연이 끝나지면 안 봐도 되는 걸까.

성당에 앉아 하느님께 기도하면서 저 신부님은 전생에 어떤 업을 지어 저렇게 결혼도 하지 않고 평생을 봉사하며 살아야 할까 생각할 때가 있다. (분심은 시도 때도 없이 나를 괴롭힌다.) 아마 다음 생에서는 더 높은 지위의 수도자로 태어나거나, 좋은 가정을 이루고 살지도 모를 일이다. 혹은 천국으로 가서 다시는 태어나지 않을지도 모른다.

누군가 마음을 다치게 하며 도움을 줄 때가 있다. 옛날 같으면 원망을 했을 텐데, 지금은 전생에 내가 저 사람을 도와주며 못됐게 했나 보다, 하고 생각하게 된다. 콤플렉스가 많아 늘 상처받던 마음은 윤회를 믿음으로서 상당한 위무가 되었다.

아무리 힘들어도 아들에게만은 끔찍하게 잘하는 내 모습을 볼 때면, 전생에 연인이었나 싶을 때도 있다. 연인이었다면 내가 아주 고약하게 굴었을 거라 생각한다. 그러니 이생에서 그 빚을 갚느라 이 수고로움을 기꺼이 감수하고 있지 않은가 말이다.

우리의 무의식에는 전생의 기억이 남아 있다고 한다. 눈만 뜨면 신문이든 책이든 활자를 봐야 하는 나는 어느 생에선가 가난한 선비였을 것 같다. 어릴 때부터 그림과 글짓기를 잘했으니 예술가였던 생도 있었을 것 같고, 몇날 며칠이고 혼자 면벽하고 하나의 화두를 붙잡고 생각하고 생각하니 어느 생에선가는 스님이었던 적도 있었을 것 같다.

또한 대나무 숲과 호수를 날아다니는 중국의 무협영화를 보면 속에서 알 수 없는 전율이 일어나니 '고독한 검객'이었던 생도 있었을 것 같고, 왕가위 감독의 〈일대종사〉를 보며 엽문(양조위 분)의 무공에 넋을 놓고 빠져드니 무술인이었던 생도 있었을 것 같고, 오우삼 감독의 영화 〈적벽대전〉의 제갈량(금성무 분)이 미치게 좋으니 하늘의 기운을 읽을 줄 아는 책사였던 생도 있었을 것 같다. 무당들 굿판을 보면 신이 나니 무당이었던 생도 있었을 것 같고, 술 한 잔 먹고 유쾌하게 떠들고 놀기를 좋아하니 기생이었던 생도 있었을 것 같다.

아무튼 이번 생에서 좋은 습관을 몸에 익혀 다음 생에서도 좋은 습習을 가진 훌륭한 인간으로 태어나길 소원한다. 그러나 사실을 말하자면 난 다시 태어나고 싶지 않다. 그러려면 얼마나 많은 생을 거듭 '착하게' 살아야 윤회의 고리에서 벗어나게 될까.

아, 카르마의 길은 멀고도 험하다.

스티브 잡스와 저커버그의 옷

얼마 전 SNS에 올라온 저커버그의 옷장을 보는 순간, '젊은 날'의 내 옷장을 보는 듯했다. 아마 사십대까지 난 무채색 옷만 입었던 것 같다. 이십대 때는 흰색과 회색을 입었고 삼사십대 때는 거의 검정색만 입었다.

검정색 터틀넥만 열 장이 넘는다. 물론 열 장이 다 똑같지는 않다. 주로 두 장씩이 같은 재질의 옷이다. 난 옷을 살 때 똑같은 걸 두 개씩, 세 개씩 사는 버릇이 있다. 치마도 똑같은 걸 두 개 사고 바지도 모양과 색상이 똑같은 걸 두 개씩 사야 마음이 놓인다. 속옷도 마찬가지다. 남들은 모양과 색깔과 레이스가 다른 걸 선호하는 데 비해 난 똑같은 걸 열 개씩 산다. 신발도 두 개씩 사고 백도 두 개씩 살 때가 있다. 내 친구는 지겹지 않냐고 머리를 흔든다. 난 내가 좋아하는 것은 절대 싫증내지 않는다. 인간도 마찬가지고 음식도 마찬가지다. 거의 편집증에 가깝다.

내가 찾는 물건이나 화장품 중에는 단종되는 것들이 많다. 십 년이고 이십 년이고 똑같은 걸 만들어내지 않는다고 나는 화를 낼 때가 있다. 그러면 아들은, "엄마가 찾는 것은 다 명품에 가면 있어요. 명품은 한 가지를 십 년이고 이십 년이고 똑같은 걸 만들어내거든요" 하고 일러주었다. 일상생활의 소모품을 명품으로 쓸 수는 없는 노릇이니, 마음에 드는 것을 발견했을 때는 두 개씩 세 개씩 혹은 열 개씩 사두는 버릇이 생긴 것 같다.

저커버그는 회색 셔츠 아홉 장과 짙은 회색 후드티 아홉 장이 걸린 옷장을 오픈했다. 무엇을 입을 것인가를 고민하는 시간이 아까워 그렇게 똑같은 걸 입는다고 했다. 그러나 저커버그의 무채색 옷장은 세속적인 욕망과 배고픔이 없어 보였다. 그는 무엇을 더 가지고 싶을 것인가. 하고 싶고 가지고 싶은 건 모두 다 할 수 있을 만큼 부자가 아닌가. 그가 누더기를 걸친들 초라하다고 느낄 것인가.

하지만 '젊은 날' 내 옷장은 더 높은 이상과 욕망과 갈망과 허기를 숨기는 무채색 '갑옷'들로 가득했다. 한 이십 년은 검은 옷만 입고 다닌 것 같다. 아니 아직도 옷의 대부분이 검은 색이 주를 이룬다. 검은

색만 입으면 마음이 고요해지면서 속에서 알 수 없는 단단함이 작은 돌처럼 자라나 나를 지탱해주었다. 컬러풀한 세상을 향한 혹은 3초마다 번뇌가 찾아오는 나를 향한 일종의 '침묵서원' 같은 것이기도 했다. 특히 1980년대는 유채색 옷을 입는 것 자체가 죄스럽게 느껴지던 시절이기도 했다. '고독을 비범한 자들의 전유물'로 여기고 검정 옷만 입고 다닌 전혜린과는 조금 달랐다고나 할까.

스티브 잡스의 청바지와 검정색 터틀넥 역시 더 높은 욕망과 갈망과 허기를 숨기는 갑옷이었다고 생각한다. 그는 리바이스 청바지 501만 입었고, 검정색 터틀넥은 이세이 미야케 것만 입었고, 신발은 뉴발란스 모델 넘버 992 회색 운동화만 신었다.

79세로 타계한 앤디 그로브 인텔 회장은 비즈니스 사상가이면서 스티브 잡스의 멘토이기도 했다. 그의 저서 중에 『오직 편집광만이 살아남는다』는 책이 있다. 경영자들에겐 경전과 같은 문구지만, 마치 스티브 잡스를 두고 하는 말 같다. 편집광의 다른 말은 '몰입의 천재'가 아닐까.

스티브 잡스가 일본 소니사를 방문했을 때 유니폼을 입은 직원들이 신기해 아키오 모리타 당시 소니 사장에게 이유를 물었다. 모리타 사장은 전쟁 후 입을 것이 없어 사원들에게 유니폼을 제공했는데 이것이 나중에 소니의 특징으로 발전했고 서로 단결하는 계기가 됐다고 설명했다. 이 말에 깊은 인상을 받은 잡스는 이세이 미야케를 만나 애플 직원들을 위한 디자인을 부탁했다. 그러나 애플 직원들은 싫어했고, 잡스 혼자만 자신만의 유니폼으로 검은색 터틀넥을 택했다. 친구가 된 이세이 미야케는 잡스가 평생 입을 검은색 터틀넥 수백 장을 만들어주었다고 한다. 이건 월터 아이잭슨이 쓴 전기 『스티브 잡스』에 나오는 얘기다.

시작은 그렇게 미미했지만 스티브 잡스는 자신의 허기진 야망을 숨길 수 있는 기가 막힌 갑옷을 발견했던 것이다. 그는 스탠포드대학 졸업식 축사에서 'Stay hungry, Stay foolish(늘 갈망하고, 우직하게 나아가라)'라는 명언을 남겼다. 더 높은 야망을 가진 잡스지만 그는 또한 '미니멀리스트'이기도 했다. 최소한의 물건만으로 단순하게 생활했으며 참선을 하기도 했다. 그의 삶을 보면 얼마나 '더 높은 야망'이 그를 힘들게 했나를 느낄 수 있다.

내면에 활화산이 들어앉아 있었을 스티브 잡스가 택한 삶의 방식은 '심플simple' 그 자체였다. 한 가지 옷만 입을 것, 미니멀리즘으로 생활할 것, 참선을 할 것 등이었을 것 같다. 검은색 옷은 불기운을 다독여주는 물 기운으로 작용했을 것이다.

스티브 잡스가 택한 삶의 방식을 닮고 싶다. 한 가지 옷만 입는 건 불가능하지 않다. 사람들은 내가 거의 똑같은 옷만 입고 다니는 줄 안다. 똑같은 옷이 여러 개니까. 미니멀리즘으로 생활하는 것도 불가능하지 않다.

내 오피스텔은 십 년 전이나 지금이나 그대로다. 불어난 책만 집으로 옮길 뿐이다. 대신 참선은 다른 방식을 택했다고 보면 된다. 나는 늘 불교 서적들을 가까이 둔다. 마음이 불안할 때마다 내면을 가만히 들여다보면, 언제나 내 속에 욕심이 차올랐을 때였다. 그 욕심을 한 줌 들어낼 수 있게 도와주는 게 불교 서적들이었다. 집착과 애착이 강한 성격 탓에 욕심을 한 줌 들어내는 것, 마음을 비우는 것이 정말 어려웠다. 불교 교리책을 읽는 건 아니다. 그때그때 출간되는 불교 책들을 읽는다. 늘 읽는 것도 아니고, 마음이 불편할 때면 눈에 띄는 아무 책이나 찾아 읽는다. 그런 책들을 읽고 있으면 참선을 하고 난 후처럼 마음이 편안해졌다.

스티브 잡스나 저커버그의 극점에 있는 인물이 생각난다. F. 스콧 피츠제랄드가 쓴 『위대한 개츠비』의 개츠비와 그의 연인 '데이지'다. 돈 많은 남자와 결혼한 옛 연인 데이지를 되찾기 위해 부정한 방법으로 돈은 번 개츠비는 그녀의 집 강 건너편에 저택을 사서 주말마다 성대한 파티를 연다. 데이지의 사촌 닉의 주선으로 둘은 재회한다. 사랑하는 여자 데이지를 다시 만날 때의 그 떨림과 설렘을 숨 막히게 연기한 레오나르도 디캐프리오(2013년 작), 그를 거장의 반열에 올려놓아도 좋다. (로버트 레드포드와 미아 패로가 주연을 맡은 1976년 작도 훌륭하다.)

데이지는 부자가 된 개츠비와 다시 사랑에 빠지고 그의 옷장에서 명품 셔츠들을 보며 눈물까지 흘리며 감동한다. 철저히 자본주의 사회의 자본에 물들대로 물든 '가련한 영혼'의 전형을 보여준다. 데이지는 개츠비의 순수한 사랑은 보이지 않고 그의 부와 '명품 셔츠'와 겉모습에만 마음이 흔들릴 뿐인 여자다. 시쳇말로 완벽한 '된장녀'인 데이지를 위해 인생을 건 도박을 하는 개츠비. 책장을 덮고 나면, 왜 제목이 '위대한 개츠비'인지 우리는 안다. (꼭 책부터 보고 영화를 보길 권한다.)

개츠비의 옷장 가득한 명품들, 그의 순수한 영혼만큼이나 투명하게 자신이 얼마나 불안하고 허기진 영혼인지를 그대로 증명해 보이고 있다. 그 사랑에 아프고 허기진 영혼이 우리들 마음을 복잡하게 뒤흔들어 놓는다. 바보 같은 개츠비.

언제부턴가 유채색 옷을 입기 시작했다. 아마 어설프게나마 세상과 조금 타협하면서일 것이다. 행복이란 일상의 자잘함에서 온다는 걸 깨닫기 시작하면서 말이다. 내가 나를 받아들이고, 용서하고, 나를 사랑하면서인 것 같다. 나를 사랑한다는 건 타인도 사랑할 수 있다는 말이다. 그동안 나를 흑백논리에 가두었듯 남들도 그렇게 흑

백논리로 단죄했던 것이다. 세상은 컬러풀하고, 소란스럽고, 번잡하고, 수다스러운 법이다.

톨레랑스tolerance에 건배!

— 생각보다 썰렁한 뮌헨 공항에 도착했다. 여기 이곳 뮌헨에 오는데 34년 걸렸다.

SSchnell Bahn(고속철도) 글자를 따라 고속철도를 탔다. 의외로 영어가 하나도 없네. 멘트도 영어로 안 한다. 다른 나라사람들은 알아서 들어라 이거네. S를 타고 중앙역에 도착하니 왜 이리 복잡하고 구멍도 여러 곳에 숨었는지.

— 또 물었다. 이 호텔에 가려한다. 어디로 나갈까?(독어로) 올라가서 왼쪽으로 돌아서 백 미터란다. 이 정도는 들리네. 휴 다행. 에덴호텔볼프. 이름이 뭐 순서가 저래? 그냥 깨끗하고 교통 좋아서 잡았다.

— 체크인하고 들어온 시간이 한국시간 새벽 한 시 반 정도. 목이 안 돌아가고 어깨가 무진장 아프네. 소금덩어리인 기내식을 먹었더니 야밤에 갈증이 못 견딜 정도.

— 욕조에 오랜 시간 앉아서 여기 내가 왜 온 거지? 크리스 노먼이 있어서? 오직 그것만은 아니다.

내 친구 Y가 뮌헨에서 보내온 문자 메시지다. 그녀가 뮌헨에 도착해 겨우 호텔을 찾아 하룻밤 잔 다음날, 나는 청계산 산행을 했다. 그녀의 문자 메시지가 온 건 산행 후 추어탕을 먹고 집으로 오는 중이었다. 그때 서울은 겨울을 재촉하는 비가 연일 내리고 있었다.

Y는 여고 동창이면서 대학도 같은 대학을 다녔다. 그녀는 공부를 잘했다. 성향은 간데없는 문과 체질인데 공과대학을 갔다. 사춘기 때『전혜린 평전』을 읽고 남다른 삶을 살고 싶은 그녀는 공과대학을 지원했던 것이다. 아버지가 교육감이었는데 고도孤島에 부임했을 때 연탄가스 중독으로 14년을 집에 누워 계시다가 돌아가셨다.

그녀는 장학생으로 대학을 졸업하고 대학원까지 마친 후, 뮌헨 공대에 입학 허가까지 받아놓은 상태였다. 그 즈음 서독 간호사로 갔다온 지인이 독일은 여자가 가면 '폐인'이 된다고 하는 바람에 어머니가 팔을 걷고 나서서 시집이나 가라고 종용했다. 그녀는 집안 분위기상 그만 선을 봐서 결혼을 했다. 삶의 갈림길에서 그녀는 자신의 자아를 외면했던 것이다.

성격 고약한 공무원 신랑을 만나 아들 둘 낳고 그럭저럭 잘 사는 듯했다. 그런데 어느 날 남편이 간암에 걸렸다. 큰아들은 중학교 2학년, 작은아들은 초등학교 3학년. 그때부터 그녀는 거의 십 년간 남편의 간암과의 전쟁을 치렀다. 그녀 덕에 남편은 십 년 가까이 이 세상에 더 머물다 떠났다. 그 와중에도 그녀는 독어를 접고, 영어를 놓지 않고 붙잡고 공부를 했다.

팝송을 좋아하는 그녀는 지금은 여성회관에서 팝송 영어 강의를 하고 있다. 그러나 그녀의 꿈은 34년 전 뮌헨의 공과대학 앞에서 멈추어 있었다. 언제나 그때 외면했던 자신의 자아와의 화해를 꿈꾸었다. 그 꿈을 실행에 옮기는 데 34년이 걸린 것이다. 그녀가 크리스 노먼의 공연을 보러간다는 건 구실에 불과했다고 나는 생각한다.

— 34년 전 네가 외면했던 네 자아와 대면하러간 거지. 34년 동안 외롭게 버려두었던 네 자아를 따뜻하게 안아주고, 회포를 풀고, 이제 그만 놓아주어라. 뮌헨을 다녀오면 네 얼굴이 더욱 평화로워질 것 같구나. 이 글을 쓰는데 내가 눈물이 나네. 서울은 가을비가 연일 내린다. 깊은 가을이다.

등산복을 입은 채 아파트 주차장에 차를 세우고 Y에게 문자 메시지를 보내는데, 눈물이 터졌다. 차 안에서 한참을 울었다. Y의 삶을 잘 알고 있어서이기도 했지만, 어쩐지 내가 외면했던 내 자아는 어디를 떠돌고 있을까 하는 생각에서 울컥했던 것 같다. 난 어느 시점에서 내 자아를 외면하고 이렇게 먼 길을 걸어온 걸까?

바람 소리가 요란하다. 이런 날은 언제나 내 열아홉 살 겨울이 떠오른다. 초등학교와 중학교 때 공부를 잘했다. 어머니는 여자가 가질 수 있는 최고의 직업은 '약사'라고 생각하는 분이었다. 어머니는 공부를 잘하는 내가 약사가 되길 원했다. 그러나 중3 때 자율학습시간이면 몰래 빠져나와 도서관에서 책을 보았다. 내가 다닌 중학교는 어느 국회의원이 만든 재단의 학교였는데, 내가 입학할 때는 담도 없었다. 그러나 도서관은 있었다. 중3 때 교실 바로 뒤가 도서관이었던 것이다. 복도를 포함한 교실 하나가 도서관이었으니, 도서관치고는 아주 작았다. 그러나 중3인 내가 볼 책은 차고도 넘쳤다. 도스토예프스키, 헤르만 헤세, 톨스토이, 헤밍웨이, 쇼펜하우어, 토마스만, 앙드레 지드, 스탕달…. 지금 생각하면 이해할 수도 없는 책들을 무자비하게 읽어댔다.

어릴 때부터 그림과 글짓기에 탁월한 소질이 있다는 소리를 들었고, 상도 많이 받았다. 어릴 때는 막연하게 화가가 되거나 작가가 되는 거였다. 중3을 지나 고등학교 때도 내내 문학 책들만 끼고 혼자 몽상에 잠기고는 했다. 세상의 부조리에 눈 뜬 내 자아는 매일매일 외로움과 유한한 생명인 인간의 운명에 대해, 타협할 수 없는 삶의 죄악과 거짓과 위선에 대해, 어딘가에 토해내야 했다. 그 수단으로 나는 매일 글을 썼고, 글을 쓰고 있을 때만이 살아 있는 듯했고 행복했다.

고3이 되었을 때 어머니가 학교에 호출되었다. 저대로 두면 대학을 못 간다는 거였다. 어머니 손에 이끌려 미술학원엘 등록했고, 결론적으로 지방의 사범대학 미대에 입학했다. 그 겨울 난 그 지방대를 가기 싫었다. 나도 재수를 해서 오빠가 유학 간 서울에서 대학을 다니고 싶었다. 그러나 난 말 한마디 할 수 없었다. 아버지에게 감히 말대꾸 한번 할 수 없는 절대적인 '파쇼체제'의 집안 분위기. 아버지 말은 곧 법이었다. 집안은 아버지의 기분 여하에 따라 일희일비 했다. 내가 일차 지원을 하지 않자, 아버지는 외삼촌에게 내가 다닌 대학에 원서를 내게 했다. 시험을 쳤고, 합격이 되었다.

아직도 아버지는 열아홉 살 때 내가 진정으로 원했던 게 무엇이었는지 모른다. 한번도 물어본 적 없고, 나 또한 한번도 말한 적 없다. 그저 그 겨울 메마른 칼바람이 부는 동성로 거리를 이 끝에서 저 끝까지 쏘다녔다. 나는 그 칼바람 부는 동성로 거리에 내 자아를 버려두었다. 그때부터 내 인생의 단추는 잘못 채워진 것 같았고, 그때부터 나는 삶과의 불화가 시작되었다.

가끔 열아홉 살의 내가 그 메마른 칼바람이 부는 동성로 거리를 걸어가고 있는 환영을 본다. 히틀러보다 더 무서웠던 아버지에게 그래도 목숨 걸고 한마디 말해볼걸…. 왜 지레 짐작으로 아버지는 절대 재수를 시켜주지 않을 것이고, 서울로 유학 보내주지 않을 것이라고 생각했을까. 어쩌면 이렇게 열아홉 살의 내 뒷모습을 회한어린 눈길로 바라보며 이 글을 쓰라는 운명이었는지 알 수 없다.

대학에 들어가서는 도서관에 박혀 글만 썼다. 수업도 잘 들어가지 않았다. 대학 일학년 내내 도서관에서 쓴 단편이 「아내에게 들킨 생生」이었다. 지금 생각해도 제목부터 웃긴다. 스무 살도 안 된 나이에 '아내에게 들킨 생生'이라니. 그 작품은 전국대학생 문예작품 모집에서 소설 부문 당선작이 되었다. 문학이라는 올무에 한 발이 걸린 것이다.

누구나 '지천명'이 지난 어느 바람 자심한 날, 홀로 앉아 차를 마실 때면 운명의 갈림길에서 자신의 자아를 버렸거나 외면했던 일을 떠올릴 것이다. 운명의 갈림길 따위는 내 인생에 없었다고 하는 축복받은 이는 이 글을 읽을 필요가 없다.

아무튼, 내 친구 Y는 34년 전에 외면했던 자신의 자아를 만나고 돌아왔다. 그녀가 부럽다. 뮌헨에서 돌아온 그녀의 큰눈은 더욱 맑아 있었다. 그녀 덕에 나 또한 바람 자심한 날, 어설프게나마 열아홉 살

칼바람 부는 동성로 거리에 버려두고 떠나왔던 내 자아와 악수한다.

잘 가라 내 열아홉 살의 자아야, 이제 너를 떠나보내고 비로소 어른이 되려 한다. 고마웠다. 그동안 너와의 불화를 화두 삼아 내 내면은 키가 훌쩍 큰 것 같구나.

필레몬과 바우키스

아침에 눈을 뜨면 제일 먼저 커피 메이커에 커피를 내린다. 커피가 내려오는 동안 부엌 창문을 통해 무심히 밖을 내다본다. 내가 사는 아파트는 언덕에 있다. 1층에 살지만 눈높이는 2층 높이쯤 된다. 왼쪽 언덕 아래로 '소망재활원'이 보이고, 바로 눈 아래로는 상가 건물의 왼쪽에 자리 잡은 '아이파크부동산'이 보인다. 그 옆으로 '노명순헤어샵'이 보이고, 오른쪽으로 편의점 '세븐일레븐'까지 보이는 게 시계의 전부다.

봄가을로 소망재활원에서는 축제를 한다. 며칠 전에도 밴드 소리에 맞춰 '칠갑산'을 부르는 여자의 목소리가 어찌나 처량하든지. 홀어머니 두고 시집가던 날 칠갑산 산마루에 울어주던 산새소리만….

그녀는 정말 콩밭 매는 홀어머니를 두고 시집간 불효막심한 여인처럼 노래를 불러젖혔다.

드롭 된 커피를 마시며 여전히 밖을 본다. 아이파크부동산 앞에 제법 튼실한 은행나무가 서 있다. 어제 바람이 불 때 우박 쏟아지듯 노랗게 익은 은행알이 우두둑 떨어졌다. 그 은행알을 한 자루 가득 담아가는 할머니가 있었다. 그 할머니는 상가 건물을 청소하는 할아버지의 아내다. 지금은 할아버지 혼자 재활용품을 정리하고 있다. 나는 저 할아버지의 아내를 본 적이 있다.

지난 여름, 일 년에 한두 번 가는 노명순헤어샵에 갔을 때 마주쳤다. 노명순헤어샵 원장 노명순은 깡마른 몸에 목소리가 아주 큰 여자였다. 미국에서 십 년쯤 살다가 도로 한국에 와서 산다고 했다. 오십 초반의 전라도 말씨를 쓰는 그녀는 보조 없이 혼자 바지런히 움직였다. 자식 없이 남편과 단둘이 사는데 날마다 감사하고 날마다 행복하다고 했다.

— 자식 없어도 아무렇지도 않아요. 신랑만 있으면 되지요. 말년이요? 돈 조금 벌어놓으면 되고, 관에 넣어갈 거 아닌데 다 쓰고 죽지요 뭐. 신랑과 한날한시에 딱 죽는 게 소원이에요.

참으로 긍정적인 사고를 하는 여자였다. 그날 소망재활원에서 전동 휠체어를 타고 머리를 자르러 온 장애인 남자가 있었다. 말도 잘

못하고 손발 모두 자유롭지 못한 그는 초등학교 오학년 체구처럼 작았지만 얼굴로 보아 서른은 되어 보였다. 말을 할 때 얼굴의 근육을 다 써야 했으므로, 보는 사람이 눈을 어디다 둬야 할지 민망했다. 그러나 노명순은 아무렇지도 않게 그를 대했다.

— 오늘 데이트 있어?

노명순이 물었다. 그 장애인은 함빡 웃음을 지으며 뭐라고 힘들게 얘기했지만 나는 전혀 알아들을 수 없었다. 그래, 알았어. 내가 최고로 멋있게 깎아줘버리께. 여자 친구가 완전 뻑가게. 알았지. 잠시만 가만히 앉아 있어. 노명순은 마치 어린아이를 다루듯이 그 중증 장애인을 다루었다. 장애인에게 어떻게 대해야 하는지 전혀 학습되어 있지 않은 나는 노명순을 경이로운 눈으로 바라보았다. 그녀의 저런 마음과 태도는 어디서 배웠단 말인가. 미국생활 십 년이 그녀를 변화시킨 걸까. 남편의 끔찍한 사랑 때문인가. 그 장애인은 멀끔한 새신랑처럼 머리를 깎고 갔다.

다음은 거울 앞에 앉아 얌전히 기다리는 할머니 차례다. 할머니는 퍼머기가 없어 추레하게 긴 머리카락이 거의 단발에 가까웠다. 보통 팔순 가까이 된 할머니가 숱이 없는 생머리로 귀밑까지 내려오는 헤어스타일은 사위스러워 보인다.

— 할머니, 머리 어떻게, 길이만 좀 잘라 드려요?

— 아니야, 날도 더운데 짧게 잘라줘.

— 아이고, 할아버지에게 혼나시려고?

— 미용실 원장이 내가 잠깐 조는 사이 머리를 짧게 잘라놨다고 할 거야.

— 할아버지 나인데 쫓아와서 시위하면 어쩌시려고?

— 아니야, 남인데는 입도 못 떼는 양반이야.

— 그래도 할아버지는 생머리에 긴 머리 여자를 좋아하시잖아요.

— 미친 거지. 지 나이 먹은 거는 알아도 할망구 나이 먹을 거는 모르는 거야.

— 알았어요. 할아버지가 웬 다른 여잔가 할 정도로 이쁘게 잘라 드릴게요.

노명순은 신바람나게 할머니 머리에 스프레이로 물을 뿌린 후, 머리를 잘라 나갔다. 나는 리모컨을 찾아 공허하게 크게 켜둔 텔레비전 소리를 줄였다. 무더운 한여름이었지만 실내는 에어컨이 나와 시원했다. 할머니는 그새 꾸벅꾸벅 졸았다.

— 할머니 다 됐어요!

거울 속 할머니는 영락없이 남자 같았다. 팔십의 할머니 치고 키도 컸고 뼈대도 컸고, 얼굴도 남상이라 짧은 숏컷을 한 그녀는 남자 같았다.

— 아이쿠, 큰일났네. 오늘 밤새 영감인데 구박받겠네.

할머니는 거울 속의 자신의 짧은 머리를 만지며 중얼거렸다.

— 할머니, 우째야쓰까이…. 머리를 도로 붙여주까?

노명순은 너스레를 떨었다.

— 댔다 마. 며칠 있으면 또 길것지.

할머니는 돈을 주고 갔다.

— 누구신데요?

내가 물었다.

— 이 상가 청소하는 할아버지의 와이프요.

노명순의 '할아버지의 와이프'라는 말이 생경하게 들렸다. 마치 '할아버지의 세컨드'요, 라고 말하는 것 같았다. 그리고 보니 가끔 박스나 폐지를 정리할 때 할아버지 곁에서 거들던 할머니를 부엌 창으로 본 기억이 났다.

— 할아버지가 할머니에게 맨날 소리치는 것 같아도 얼마나 금실이 좋은지 몰라요. 이날 이때까지 할머니가 제일 이쁜 줄 알아요. 머리 퍼머도 못하게 하고 짧게 자르지도 못하게 해요. 왜 늙은 할망구 거치 머리 짧게 잘라서 퍼머할라고 하느냐고 화를 낸데요. 아직도 할머니가 젊은 줄 아는 거죠.

창밖의 할아버지는 박스를 차곡차곡 쌓아 한쪽으로 묶어 둔다. 오늘은 할머니가 보이지 않는다. 부부란 무엇일까. 저 할아버지와 할머니의 젊은 시절 또한 고단했을 것이다. 그러나 세상에 둘만 있는 듯이 친하지 않는가. 할아버지의 사랑스런 눈길이 있는 한 할머니의 삶은 그리 고단하지만은 않았을 것 같다. 아무도 모르는 할머니의 '행복의 비밀'일 것이다. '노명순헤어샵'의 노명순도 신랑과 한날한시에 죽는 게 소원이라고 하지 않는가. 다들 축복받은 부부들이다.

언젠가 초여름 날이었다. 청계산 초입 계곡에서 마주친 노부부가 생각난다. 하얀 할아버지가 하얀 할머니의 발을 차례로 씻겨 손수건으로 닦아 신발을 신겨주고 있었다. 할머니는 할아버지의 등을 잡고 서 있었고, 할아버지는 구부리고 있는 자세였다. 그들 위로 빛이 쏟아졌고, 주위의 소음은 모두 물러나 그대로 한 폭의 그림이었다. 그들을 보는 순간 그리스 로마 신화의 나무가 된 노부부, '펠레몬과 바우키스'가 생각났다.

제우스 신이 아들 헤르메스를 데리고 인간의 모습을 하고 한 마을에 들러 하룻밤 쉬어 가기를 청하였으나, 모두 거절하였다. 그러나 착한 펠레몬 영감과 바우키스 할멈은 나그네를 정성껏 대접했다. 제우스 신은 나그네를 대접할 줄 모르는 이웃을 모두 물에 잠기게 하고, 노부부에게 소원을 말하라고 한다. 노부부는 한평생 사이좋게 살아왔으니, 한날한시에 죽기를 원한다고 했다. 세월이 흘러 그들이 세상을 떠나야 할 시간이 왔을 때, 필레몬과 바우키스의 몸에서 잎이 돋아나기 시작했다. 그들은 서둘러 그동안 고마웠다는 작별 인사를 하고 참나무와 보리수나무가 되었다.

한 생을 사이좋게 오순도순 살며 늙은 부부를 보면 속절없이 눈시울이 붉어진다. 그동안 삶의 파도와 폭풍과 벼랑과 시기와 질투가 둘을 갈라놓으려고 으르렁대도 절대 손을 놓지 않은 것이다. 손을 놓지 않는 게 손을 놓는 것보다 힘들다는 걸 안다. 문득 그들에게 국민훈장을 추서하면 어떨까 하는 생각을 해본다.

아내로부터 버림받은 남자는 말하지 않아도 알 수 있다. 어딘지 신산한 냄새가 나고 돈이 아무리 많아도 삶이 곤고해 보인다. 제 아무리 영웅이라 한들 한 여인의 사랑을 받을 수 없는 남자는 벌판에 버려진 어린아이와 같다. 여인은 아내이자 연인인 동시에 어머니이며 성모마리아 같은 존재이기 때문이다. 그런 여인의 사랑을 받지 못한다는 건 상처를 치유할 성지聖地를 잃어버린 것과 같은 것이다.

반면에 여자는 자손을 잉태하고 생산할 수 있는 능력이 있으므로 스스로 대지요, 어머니이므로 남자의 사랑 없이도 온전할 수 있는 것이다. 물론 한 생을 같이 할 수 없을 만큼 악처도 있다. 인류문명사 최초의 악처 크산티페를 둔 소크라테스는 성인의 반열에 오른 철학자가 되었다. '악법도 법이다'고 한 소크라테스는 '악처도 처다'라고 말할 것 같다. (사실 경제적으로 무능했던 소크라테스는 크산티페에게 구박을 받아도 쌌다. 그 시대 기준으로 말이다.)

상가 청소하는 할아버지와 노명순의 남편과 청계산 계곡에서 아내의 발을 씻겨주던 할아버지와 신화 속의 펠레몬 영감은 곁에 있는 여인의 사랑을 받는 게 최고의 행복이라는 걸 어떻게 알았을까. 범부들이 영웅보다 낫다. 도처에 길 잃은 어린아이 같은 남자가 많다.

내게 상담하러 오는 사람의 육칠십 프로는 부부 문제 때문이다. 여자들만 오는 건 아니다. 바람난 아내, 혹은 끝없이 남편을 괴롭히는 악처 때문에 괴로워 오는 남자들도 많다. 세상에는 나쁜 부부란 없다. 다만 맞지 않은 부부만 있을 뿐이다.

지은 복이 많으면 궁합이 맞는 배필을 만나고, 지은 복이 박하면 궁합이 맞지 않는 배필을 만나는 것이다. 모르는 남도 돕는데 내가 나를 도우려면 착하게 잘 살아야 한다. 그래야 다음 생에라도 합이 잘 맞은 배필을 만나지 않겠는가.

사실 부부가 백년해로 못하는 사주팔자가 있다. 사람은 제 팔자대로 살면 제일 편하다. 그 팔자를 뛰어 넘어보려 하니 힘든 거다. 인연을 맺는다는 건 눈 먼 거북이가 바다에서 나무토막을 만나는 것처럼 어려운 일이다. 악연도 인연이라 다 풀어야 끝나진다. 악연을 풀지 못하고 이생을 떠나면 다음 생에 또 만나야 한다. 그러니 힘든 부부들이여 악연을 다 풀고 떠나라. 다시는 만나고 싶지 않으면.

제2부

달을 가리키면 달을 보라

인생이란 무대는

그녀의 부고訃告를 보고 깜짝 놀랐다.

한 며칠 조간 신문을 볼 시간도 없이 상담 예약이 밀려 바빴다. 아무리 바빠도 신문을 보지 않으면 '입안에 가시가 돋는다'. 고백하자면 나는 조선일보 중독자이다. 처음으로 보기 시작한 신문이라 그런지도 모르겠다. 원래 '첫사랑'이 무섭고 '첫 인식'이 무서운 법이다. 또한 한번 좋으면 좀체 싫증을 내지 않는 성격 탓일 수도 있다.

요즘은 조선일보만 보지만 예전엔 중앙일보, 동아일보, 한국일보, 한계레신문까지 본 적이 있다. 어느 날 진종일 신문만 뒤적이고 있는 나를 발견한 후, 결심하고 모두 끊고 조선일보만 본다. 어떤 신문을 보느냐는 성향 혹은 취향의 문제라 생각한다.

각설하고, 저녁을 먹고 이틀이나 지난 신문을 한가하게 뒤적이다 깜짝 놀랐다. '소설가 정미경(향년 57세)'의 부고 기사가 실렸던 것이다. 물론 그녀와는 일면식도 없다. 그저 지면을 통해서 알 뿐이다. 고작 아는 거는 나는 1986년 등단했고 그녀는 1987년 희곡으로 등단한 걸로 안다. 그 후 그녀의 소설 「장밋빛 인생」, 「아들의 연인」, 「이상한 슬픔의 원더랜드」 등을 읽은 기억이 난다. 나보다 두 살이 어리고 이화여대를 나온 그녀의 글이 좋다고 느낀 건, 이 년 전쯤부터 조선일보에 연재한 「인문의 향연」이라는 에세이를 읽으면서였다. 그때 처음으로 그들 부부가 부러웠다. 물론 정미경보다 먼저 서울대 교수이면서 화가인 그녀의 남편 '김병종'의 팬이었다.

몇 년 전 조선일보에 연재한 「화첩기행」은 말 그대로 나를 그의 '광팬'으로 만들었다. 글을 읽다가도 김병종의 얼굴을 자세히, 한참 바라보기도 했다. 부리부리한 눈에 약간 튀어나온 입, 그렇게 훈남 스타일은 아니었다. 그런데 어쩜 이 남자는 이렇게 '뜨겁게' 글을 잘 쓸 수 있단 말인가. 그의 글을 읽고 있으면 내 속의 '열정과 광기'가 밖으로 튀어나오려고 제자리에서 콩콩 뛰기 시작하는 걸 느끼곤 했다.

김병종의 판화가 두 점이나 있다. 비록 일호짜리지만 말이다. 〈생명의 노래〉 시리즈다. 더욱 놀라운 건 어느 날 김병종의 아내가 소설가 정미경이라는 사실을 알게 되었다. 그날 난 하루 종일 커피와 물만 마신 것 같다. 어찌나 부럽든지.

정미경이 「밤이여, 나뉘어라」로 이상문학상을 받았을 때도 나는 그녀의 얼굴을 한참 바라보았다. 참 곱고, 이쁜 여인이었다. 이 여인은 참 복도 많구나 생각하며. 상대적 빈곤과 외로움에 오래도록 침묵한 기억이 난다. 재능과 미모와 학벌과 멋진 남편과 아들 둘까지.

신문의 생명력은 하루살이와 같다. 하루만 지나면 신문은 이미 생명력을 잃어버리는 것이다. 그런 죽은 신문에서 내가 부러워하던 소설가 정미경의 부고를 보는 순간 얼마나 놀랐겠는가. 그 신문을 보지 않고 폐기처분했더라면 한동안 그녀의 죽음을 모를 뻔하지 않았는가.

처음엔 김병종의 팬이었지만 이 년 전부터는 그녀의 팬이기도 했다. 그녀의 「인문의 향연」 에세이가 진주 목걸이를 한 귀부인 같다면, 내 산문들은 앞치마를 두른 부엌데기 같았다. 혹시 내가 너무 부러워했나? 하는 생각이 문득 스쳤다. 그런 생각을 하는 데는 이유가 있다. 내가 누군가를 많이 부러워하면 어느 순간 그 빛이 스러지곤 했던 것이다.

고등학교와 대학교 때 부러워했던 아이가 딱 한 명씩 있었다. 지금은 소원해졌지만 고등학교 때는 친하게 지낸 K가 있었다. 부잣집 딸에 피부가 뽀얗고, 이쁜 아이였다. 그녀는 여자대학 디자인학과를 가고 나는 남녀공학 사범대학의 디자인학과를 갔다. 학교가 달라지니 만나는 횟수가 뜸해지긴 했어도 난 항상 그녀가 부러웠다. 성격도 밝고, 책도 많이 읽고, 형제자매도 많았다. 외동딸인 나와는 달리 그녀는 딸 네 명 중 막내였고, 밑에 남동생이 하나 있었다. 그녀는 반드시 의사와 결혼할 거라고 했다. 여러 번의 선을 봐서 소원대로 의사와 결혼했다. 결혼도 같은 해에 했다. 난 첫사랑과 했고 그녀는 선본 남자와 했다. 그녀는 5월에 했고 나는 6월에 했다.

그녀도 아들을 낳고 나도 아들을 낳았을 때 한번 만났다. 그녀는 '말세末世'인데 우리 이제 아이는 그만 낳자고 했다. 나는 그러자고 했다. 그러나 그녀는 '우리의 언약'을 배신하고 딸 하나를 더 낳았다. 남편은 개업의로 돈을 잘 벌었고, 그녀는 집안을 유리알처럼 해놓고 살았다. 아들 딸 모두 유학 보내고.

K를 생각할 때마다 늘 조금 쓸쓸해지곤 했다. 어쩜 K는 자신이 마음먹은 대로 다 이루면서 살아갈 수 있을까 싶었다. 나는 한번도 내가 원하는 대로 삶이 흘러가주지 않았다. 늘 삶의 파도는 나를 허공에 감아 올렸다가 가차 없이 맨땅에 내동댕이치고는 했다. 남편은 일확천금을 꿈꾸며 '엘도라도'로 떠나는 인디아나 존스 스타일이고, 아들은 반듯하지만 남들이 보기에 스카이대 출신의 '엘리트'는 아니고, 나 또한 평생 죽을힘을 다해 붙잡고 있는 문학은 '지푸라기'보다 힘이 없었다. 평생 글을 써오고 있지만, 글은 내게 밥을 해결해주지 못했다.

늘 한 발만 잘못 내디디면 삶이 끝장나는, 백척간두로 이어진 외길을 걷는 기분이었다. 고등학교 때 그렇게 친했던 K와 나의 삶은 달라도 너무 달랐다. 그런데 얼마 전 K의 남편이 '중풍'으로 쓰러져 병원 문을 닫았다는 소문을 들었다. 그때 나는 어쩐지 가슴이 철렁 내려앉았다. 내가 K를 너무 부러워했나? 하는 자책이 들었던 것이다.

대학 때도 부러워한 아이가 있었다. 그 아이는 친구는 아니었다. 그녀는 사범대학 성악과에 다녔다. 같은 사범대학이라 교양수업을 같이 듣는 게 많았다. 시골에서 유학을 왔다고 했다. 내 눈에는 군계일학처럼 아름다웠다. 긴 머리를 하나로 올려 묶어 '똥'머리를 하고 다녔다. 그 헤어스타일조차 마음에 들었다. 머리통도 예뻤고 얼굴도 아주 귀티가 났다. 직접 들어본 적은 없지만, 노래도 잘한다고 했다. 그 시절 나는 내 얼굴에 자신이 없어 늘 앞가르마를 탄 긴 머리를 커튼처럼 드리우고 다녔다.

그녀 또한 의사와 결혼해서 아이 둘을 낳고 잘 산다고 들었다. 그런데 한 십 년이 흘렀을 때쯤 그 남편이 교통사고로 세상을 떠났다는 소문을 들었다. 아이들이 아직 어릴 때였다. 그 소문을 들었을 때 몇날 며칠이고 마음이 아프고 불편했다. 혹시라도 내 마음에 시기와 질투가 있었나 하고.

또 한 십 년이 흐른 후에 들은 소문은 그녀가 아들이 둘인 목사와 재혼해서 잘 산다고 했다. K도 남편이 많이 좋아져서 전원주택에서 잘 산다고 누군가 전해주었다. 나는 비로소 한숨을 내쉬며 마음이 편안해졌다. 이건 내 개인사적인 일이지만 사회적으로 알려진, 스포트라이트를 한몸에 받던 저명인사들의 '추락'을 우리는 얼마나 많이 목도하는가.

가끔 나는 삶이 참으로 고달프구나하고 생각할 때마다, 초등하고 동창 '순희(가명)'를 떠올린다. '강남'에서 '성남'으로 이사한 해였으니, 한 십여 년 전 눈이 펄펄 오는 날이었다. 느닷없이 전화가 왔다. 초등학교 동창인 '김순희'라고 했다. 나는 아무리 생각해도 누군지 알 수 없었다. 그러나 그녀는 나에 대해 잘 알고 있었다.

내가 미술대학을 갔으며 소설가인 것도 알고 있었다. 나는 그녀에게 고등학교를 어디 나왔냐고 물었던 것 같다. 그녀는 자기 집은 가난해서 대학은 꿈도 못 꾸고 '여상(여자상업고등학교)'을 갔다고 했다. 그러면서 너네 집 아직도 '갑부'제?, 하고 물었다. 갑부라니. 무슨 그런 말을…. 그녀는 어릴 때 내가 가장 부러웠다고 했다. 부잣집 딸(그녀 눈에는 내가 그렇게 보였던 모양이다)에, 늘씬한 외모에 미대생이었다는 것이다. 거기에다 대학 다니면서 중앙문예지에 소설까지 당선된 것이다. 그녀는 내가 신문에 난 걸 모두 오려서 스크랩해두고 있다고 했다.

그녀가 내게 전화한 이유는 자신의 아들이 홍대 미대를 들어갔다는 것과 남편이 비행기 기술자라는 걸 은근히 자랑하고 싶어서였다는 걸 전화를 끊은 후에야 알았다. 훌륭한 남편을 만나서 부럽다고 하자, 퇴직하면 '카센터'도 못하는데 뭘, 하며 농담까지 했다. 그녀가 '엘도라도'로 떠났던 남편의 '부도' 소문을 들었을 때 어떤 기분이었을까 잠시 생각했다. 그날 나는 오래도록 오동나무에 쌓이는 눈을 바라보았다.

남의 부러움을 살 때 주의해야 한다. 삶의 복병은 부비 트랩booby trap처럼 도처에 깔려 있어 잠시 방심하는 사이 언제 그 지뢰를 밟게 될지 모르기 때문이다. 하여, 늘 겸허한 마음으로 깨어 있어야 한다.

— 인생이란 무대는, 열심히 한다고 누구나 잘할 수 있는 곳은 아니다. 최선을 다했으나 이루지 못한 것에 대해 자책하지 말고 그런 자신에게 격려와 선물을 준비해보자. 여행이든, 한 아름의 책이든, 그게 며칠 간의 게으름이면 또 어떤가.

2016년 12월 19일자 조선일보에 실린 정미경의 에세이다. 생애 마지막 글이 됐다. 인생이란 무대는 참으로 알 수가 없다. 운명이 또한 신탁神託이라면, 미물인 인간은 순명順命할 수밖에 없단 말인가. 그래도, 나는 그녀가 부럽다. 그녀는 현역인 채로 떠났던 것이다.

삼가 고인의 명복을 빕니다.

조각가 피그말리온의 사랑

자려고 막 침대에 누웠을 때 휴대전화가 울렸다. 습관적으로 벽시계를 본다. 12시 반이다. 이 시간에 전화할 사람은 없다. 순간 불길하다. 비보悲報는 언제나 한밤중과 새벽을 틈나 알려지는 속성이 있다.

목소리는 근사하다. 바리톤과 테너의 중간쯤 된다. 그러나 이 사람이 어떤 사람인지 나는 안다. 오랜 상담을 하다보면 '여보세요' 한 마디만 들어도 그 사람이 어떤 사람인지, 교육 수준은 어느 정도인지, 교양이 있는지, 품위를 가장하는 위선적인 인간인지 알 수 있다. '여보세요', 라고 할 때의 억양과 높낮이와 조급한 빠르기로 보아 이 근사한 목소리의 주인공은 '양아치'다.

'양아치'는 좋게 말해 품행이 천박하고 못된 짓을 일삼는 사람을 속되게 이르는 말이고, 한마디로 말하면 남의 등을 쳐서 먹고사는 사람을 말한다. 내용인즉, CCTV로 확인한 결과 지하 주차장의 자신의 차를 민 사람이 나란 걸 알아냈고, 그 민 차에 흠집이 났다는 것이다. 내 오피스텔 건물은 주차 공간이 모자란 탓에, 중간 주차를 할 경우, 기아를 중립에 놓고 사이드브레이크를 풀어두고 주차를 한다. 다른 차들이 나갈 때 밀 수 있도록 해두는 것이다.

오늘 저녁 퇴근할 때 검은 색 기아차 '로체'를 밀었던 기억이 났지만, 그 차가 어딘가에 흠집이 날 리가 없었다. 어딘가에 흠집이 날 만큼 세게 미는 바보가 어디 있겠는가. 지하 2층 노래방에서 내어놓은 서랍장에 흠집이 났다고 했다. 나는 일단 알았으니까, 내일 다시 전화하시라고 정중하게 말했다. 처음의 기세가 다소 수그러들며 전화를 끊었다.

다음 날 점심 약속이 있어 식당에 있는데 전화가 왔다. 나는 두 시 반에 1004호에 있을 테니 올라오라고 했다. 그런데 내가 지하에 주차를 하고 사무실에 도착했을 때는 두 시 삼십오 분이었다. 내가 내 사무실로 오라고 한 건 나대로 계산이 있어서였다. 보통 '양아치'나 '건달'들은 단순한 면이 있다. 그리고 그들은 책을 무서워한다는 걸 안다. 우리가 '폭력의 세계'를 무서워하듯 그들은 '지적인 세계'를 무서워한다. 언제나 예외는 있지만 말이다.

두 시 오십 분에 내가 전화를 했다. 그는 올라왔는데 문이 잠겨 있었다고 했다. 나는 그럼 차가 있는 지하 주차장에서 보자고 했다. 이번엔 내가 먼저 내려갔다. 어제 내가 민 그 차를 아무리 둘러보아도 흠집이라고는 찾아볼 수가 없었다.

야구 모자를 눌러쓴 중키의 남자가 엘리베이터에서 내려 다가왔다. 낮은 코가 오른쪽으로 휘어져 있어 인생이 평탄치 않음을 한눈에 알 수 있었다. 십삼 년 동안 이 오피스텔을 오가며 본 바로, 그의 행색은 노래방에 여자를 대주는 '보도방'을 하는 사람이 틀림없었다. 내가 저 차죠? 하고 묻자 남자는 '자차보험'으로 처리해도 삼십만 원은 든다고 했다.

— 네에, 보험 처리해 드리겠습니다. 그런데 흠집이 어디에 났지요? 아무리 봐도 보이지 않는데요.

남자는 흠집이 난 곳을 가리켰다. 손으로 쓱쓱 문지르면 없어질 정도였다.

— 이 정도로 도색을 한다면 국가적 낭비 아닐까요?

내가 말했다.

사실 남자는 나를 보는 순간부터 기가 죽어 있었다. (내가 너무 근엄해 보였나?) 그때 지하 3층 기계실에 근무하는 아저씨가 올라왔다. 남자는 그 아저씨를 보자마자 욕설을 섞어가며 소리소리 고함을 질렀다. 이야기의 내용은 어젯밤 아저씨가 당직이었고, CCTV를 확인한 후, 내 전화번호를 가르쳐달라고 하며 이미 한바탕 난리를 친 것 같았다. 기계실 아저씨는 밤 열두 시가 넘은 시간에는 입주자의 전화번호를 가르쳐줄 수 없다. 내일 관리소장에게 물어보라고 했고, 남자는 죽일 듯이 다그쳐 결국 내 전화번호를 알아내어 내게 전화한 것이다.

남자는 내게 돈 삼십만 원을 뜯어낼 수 없게 되자, 그 화풀이를 기계실 아저씨에게 온갖 욕설을 섞어가며 했다. 한참을 듣고 있다가 나는 기계실 아저씨에게 가시라고 했다.

— 조금 전 제 사무실에 올라오셨으면 제가 뭐하는지 아시지요?

난 오피스텔 문에 내 명함을 붙여 두었다. 그걸 안 봤을 리 없다. 남자는 우물쭈물했다. 내 명함에는 두 개의 직업이 존재한다. 소설가이면서 역학연구원 원장이다.

— 가시지요. 사주 봐드릴 테니….

— 아닙니다. 다음에 가겠습니다.

남자는 꽁지를 뺐다.

— 다음이란 없습니다. 지금 가세요.

나는 남자를 데리고 오피스텔로 올라왔다.

오피스텔에 들어오는 순간부터 남자는 순한 양이 되어 있었다. 작지만 유명한 화가들의 판화작품과 책으로 둘러싸인 공간에서 그는 금붕어처럼 낮게 숨을 쉬었다. 물을 한 잔 주자 두 손으로 받아 마시고 얌전히 소파에 앉아 내가 사주를 다 풀 때까지 기다렸다.

51세 병오丙午년, 말띠 남자. 사주팔자, 네 기둥의 여덟 글자 중 화火가 다섯 개나 되니 성격이 불 같은 것이다. 이런 사주는 구성이 나쁘고 대운의 흐름이 나쁘면 순간 칼부림을 일으킬 수 있어 조폭이 될 수도 있는 것이다. 그러나 사주 구성이 좋고 대운의 흐름이 좋으면 불의를 보고 못 참으니 검판사가 될 수도 있는 것이다. 나름 록을 먹는 사주이기도 하고 '학당귀인(예체능 포함해서 학자적 기질)'이 말년에 앉아 있어 나쁘지 않았다. 이런 귀인이 있으니까 그나마 내게 '막가파'처럼 굴지는 않았다고 본다. 마누라 덕은 없어도 여자 덕은 있고 자식운도 나쁘지 않았다. 나는 내가 가진 모든 노하우를 다 동원해서 이 사람의 사주를 좋게 해석했다.

— 사주가 나쁘지 않습니다. 운이 안 들어와서 그렇지. 이런 사주는 운이 좋으면 검판사 하고, 운이 나쁘면 조폭 하는 사주입니다. 검판사들도 교도소 담벼락을 걷는 사주들이 많습니다. 운이 좋으면 검판사 하고, 운이 나쁘면 감방 가는 거죠. 어릴 때 공부 안 하고 겁나게 놀았겠는데요?

— 네에….

— 32살부터 운이 바뀌었습니다.

— 32살부터 7년간 감방에 있었습니다.

— 감방에 안 갔으면 칼 맞았겠는데요.

— 네에, 밖에 있었으면 그랬겠지요.

— 마누라 덕은 없어도 여자 덕은 있습니다.

— 여자 덕 없는데요.

— 여자 장사해서 먹고 살면 여자 덕 있는 거 아닙니까?

— 네에…. 그건 그렇네요.

— 예체능 포함해서 학자적 기질이 좋은데 뭐 잘하세요?

— 운동은 다 잘합니다. 당구도 잘 치고요.

— 이 학당귀인은 축구선수 박지성도 있는 아주 좋은 사주입니다. 어릴 때 운만 좋았으면 검판사 아니라, 박지성도 안 부러웠을 사주입니다. 자식 운 괜찮은데 자식 있습니까?

— 병원에서 데리고 온 일곱 살짜리 친딸이 있습니다.

— 아, 그 딸이 보석입니다. 정말 잘 키우세요. 자식이 너무 좋습니다. 말년도 아주 좋습니다. 종교 있나요?

— 감방에서 잠시 교회 나갔습니다.

— 절에 가세요. 이 사주는 불이 너무 많아 절에 가면 좋습니다. 절에 가면 화 기운이 빠져서 건강해지고 성격도 순화됩니다. 딸 데리고 초하루와 보름만 가셔도 되고 주말에 가셔도 됩니다. 딸을 위해 이 약속 꼭 지키세요.

— 네에…. 딸하고 매주 남한산성에 있는 절에 가겠습니다.

— 올해 내년 또 관재구설수 있으니 조심하셔야 합니다.

— 네에, 안 그래도 자꾸 나를 걸려는 놈들이 있습니다.

— 딸을 위해 바르게 살려고 노력하셔야 합니다.

— 네에…. 알겠습니다.

남자는 구십 도로 절을 하고 갔다.

그 뒤 남자를 두어 번 지하 주차장에서 마주치는 일이 있었다. 그러나 그는 나를 피해 계단으로 올라가버리곤 했다. 아마 그 남자는 이제 착하게 살려고 노력할 것이다. 그 남자가 나를 만나기 전처럼 뻔뻔하다면 나를 피할 이유가 없지 않겠는가. 그 남자가 자신의 삶이 부끄럽다고 조금이라도 인지할 수 있었기를 빈다.

그 남자를 생각할 때마다 나는 조각가 '피그말리온'을 떠올린다.

조각가 피그말리온은 아름다운 여인상을 조각하고, 여인상을 갈라테이아Galatea라 이름 지었다. 세상의 어떤 살아 있는 여자보다도 더 아름다운 갈라테이아를 피그말리온은 진심으로 사랑하게 된다. 여신 아프로디테는 피그말리온의 사랑에 감동하여 갈라테이아에게 생명을 불어 넣어준다. 간절히 원하고 기대하면 원하는 바를 이룰 수 있다는 것을 보여주는, 그리스 신화에 나오는 얘기다.

우리가 타인을 대할 때 보여주는 긍정적인 태도는 상대방에게 큰

영향을 준다. 이런 것을 우리는 '피그말리온효과'라고 부른다. 반대로 부정적인 태도로 상대를 대하는 것을 '낙인효과'라고 한다.

당신은 어떤 태도로 사람을 대하시는지요.

부디, 저를 용서하지 마십시오

나는 왜 그렇게 화가 났을까? 모멸감? 열등감? 둘 다일 것이다. 나는 왜 유독 돈을 밝히는 사람을 싫어할까. 아마 아버지 때문일 것이다. 전쟁 후 산업이 없던 육칠십년대, 아버지는 시골의 과수원을 팔아 도시로 나와 '아이스케키 공장'을 했다. 아버지는 공장의 기계를 기술자 없이 직접 관리할 만큼 뛰어난 엔지니어 형이었다. 팔순이 넘은 지금도 인터넷 서핑의 귀재다. 그 시절 근검절약은 몸에 배어 있었고. 돈이 제일 중요해 보였다. 그런 아버지 덕에 별 어려움 없이 잘 자랐다. 그러나 어릴 때는 그런 아버지가 무섭고 싫었다. 해태 '브라보콘'이 나오기 전까지 돈을 많이 벌었다.

매일 돈을 자루에 쓸어 담아 오토바이에 싣고 농협에 저금하러 갔다. 농협 직원이 "사장님은 뭘 하시는데 이렇게 돈을 자루에 담아 오세요?" 하고 물었다고 한다. 아버지의 책상에는 지폐가 쌓여 있었다. 공장은 기계 소리와 여러 일하는 사람과 배달꾼의 거친 대화로 항상 시끌벅적했다. 가끔 돈 계산이 맞지 않아 아버지는 배달꾼과 시시비비를 가리기 위해 언성이 높아지곤 했다. 아버지는 불의를 결코 용납하지 못했고 매사 정확해야 했다.

나는 아버지가 선생인 아이를 부러워했다. 오빠와 남동생도 그런 생각이 있었는지 모르지만 둘 다 교육자 집안의 딸을 아내로 맞았다. 공장의 모든 소음과 돈다발들은 나와는 동떨어진 세계 같았다. 지금도 소음에 매우 민감하다. 조금만 시끄러워도 신경이 예민해지면서 소화가 되지 않는다. 그렇게 돈이 제일 중요해 보이는 아버지를 별로 좋아하지 않은 덕에 나는 지금 '가난한 선비'가 되어 있다. 그동안 아버지는 많이 달라졌다. 요즘은 손자들에게 돈을 잘 준다.

글만 써서 먹고 살 수가 없으니, 명리학을 공부해서 '역학연구원'을 하고 있다. 그 일을 한 지도 벌써 십삼 년이나 되어 간다. 그동안 한번도 상담하러온 사람에게 모멸감이나 굴욕감을 받은 적이 없다. 그들은 내게 깍듯하게 '선생님'이라 호칭했다. 사람들에게 명리학이란 '통계학'이며, 인생의 '네비게이션'이자, '일기예보' 정도로 생각하면 된다고 말한다. 그렇게 말해도 '광팬'이 많다. 역학이란 그저 선택의 순간에 참고서를 커닝하는 것쯤으로 여기면 된다. 간명지看命紙에 사주를 풀어 설명해주면 답은 그들이 스스로 찾는다.

일 년, 열두 달을 풀어주는 '신수身數'는 기가 막히게 맞다, 고들 한다. 그러구로 난 입에 풀칠하고 산다. 늘 덕담을 한다. 물론 주의해야 할 점도 분명 알려주지만, 그 사람 사주의 특징 중 좋은 점을 강조하는 편이다. 나쁜 점도 말해주지만 굳이 강조하지 않아도 인간은 영물이라 스스로 안다. 또한 나쁜 운을 만났을 때의 지혜로운 마음가짐이나 태도에 대해 말해주는 편이다. 그런데 십삼 년 만에 얼굴에 화롯불을 뒤집어쓰는 듯한 모멸감을 받았다.

구청장을 지낸 남자가 지인(모 종합병원 병원장의 부인)의 소개로 상담을 왔다. 원래는 남자의 부인이 미국에 사는 여동생 팔자를 알고 싶어 예약을 했는데, 그 남편이 따라온 것이다. 불행한 사람의 사주는 한눈에 알 수 있다. 물론 굉장히 좋은 사주도 한눈에 들어온다. '아리까리'한 사주는 삶도 '아리까리'하다.

오십 대 후반인 그 처제의 사주는 불행한 사람의 사주였다.

— 이 사주는 두 번 시집 가는 사줍니다. 명줄 긴 남자를 만났으면 이혼했고, 명줄 짧은 남자 만났으면 사별할 사줍니다.

도끼로 한 방에 내리찍듯 그 사주의 가장 특징적인 면을 말했다. 남자의 눈은 호기심으로 반짝였다. 62세부터 운이 바뀌니 그때까지는 미국에 있는 게 좋을 것 같다는 걸로 상담을 마무리했다. 남자는 얼굴을 본 적도 없는 처제의 인생을 놀랍도록 잘 알아맞히자, 자신의 사주도 보고 싶어했다. 내년에 국회의원 보궐선거에 나가고 싶다는 것이다.

만 65세, 남자의 사주는 좋았다. 내년(2017년)은 반반운이다, 대항마가 누구냐에 따라 달라질 수 있으니, 돈이 안 든다면 나가보라고 했다. 대운이 살짝 꺾어지긴 했어도 2018년, 2019년은 관운이 있으니 국회의원이 안 되더라도 정부에서 부를 수도 있겠다고 했다.

남자는 대권주자 A씨나 B씨가 되면 무조건 청와대에 입성할 거라고 자신했다. 이름도 묻지 않고 인맥도 묻지 않았지만, 남자는 경남 억양을 썼다. 그러나 관상을 쓰윽 본 바로, 하관이 빨리고, 턱이 짧고, 입술이 얇고 작았다. 전체적으로 '쭈꾸미상'이었다. 속이 좁고 인색해서 자신의 운을 갉아먹을 상이었다.

아무튼 내 고객으로 왔으니 덕담과 립서비스로 기분 좋게 상담을 마쳤다. 상담료는 십만 원이다. 근데 그 부인이 만 원짜리 다섯 장밖에 없다고 했다. 나는 계좌번호를 적어줬다. 종종 있는 일이다. 상담료는 줄 생각도 하지 않고 먼저 일어나서 현관 쪽으로 나가던 남자는 돌아보며, "뭐야? 얼마야?" 하고 물었다. 부인이 무슨 잘못이라도 저지른 듯 기어들어가는 목소리로 "오만 원 더 드려야 합니다" 하자,

"오만 원?" 하더니 반지갑에서 사만팔천 원을 꺼내, "이거, 줘!"라고 말했다. 부인이 쥐구멍에라도 들어갈 듯한 표정으로 "선생님…" 하며 책상 위에 그 돈을 놓았다.

나는 아직도 상담료를 직접 받지 못한다. 대부분 단골들은 깨끗한 봉투에 상담료를 넣어오지만, 처음 온 사람들에게 돈을 받을 때는 그냥 책상 위에 두라고 한다.

책상 위에는 반지갑에서 꺼낸 만 원짜리와 오천 원짜리와 천 원짜리가 구겨진 채 뒤섞여 있었다. 그런 돈은 십삼 년 만에 처음 받아본다. 그 돈을 집어 내 정갈한 지갑에 넣으려는 순간 눈물이 왈칵 쏟아지려 했다. '생업'에 종사한 지 십삼 년 만에 처음으로 모멸감과 굴욕감을 느낀 것이다. 돈이 모자라니, 이렇게 드려도 되겠느냐고 물었으면 괜찮았을 것이다.

"뭐야? 내게 돈을 받는다고? 내가 누군 줄 알고 돈을 받아?" 하는, 돈을 줄 때의 그 표정과 말투. 순간 남자는 평소 '공짜 접대'만 받던 '관료주의'와 남의 '사주'나 봐주고 앉아 있는 '여자'를 깔보는 '권위주의'를 그대로 드러냈던 것이다. 또한 전직 구청장까지 지낸 남자가 '지적자산'에 대해 이토록 문외한일 수 있단 말인가.

그 남자는 공짜로 표를 얻기 위해서라면 '삼보일배'로 백두산까지라도 기어갈 것이다. 어쩌면 선거는 청렴하게 치를지도 모르겠다. 돈이 그렇게 중요하니. 아니면 돈을 쓰고 당선된 후, 그 몇 배의 돈을 긁어모을지도 모를 일이다.

대권주자 A씨든 B씨든 둘 중 아무나 대통령이 되면 청와대에 입성을 자신하니, 간에 붙었다 쓸개에 붙었다 할 수 있는 남자인 것이다. 대권주자 A씨와 B씨는 지지층이 완전히 다르기도 하지만 성향도 보수와 진보로 완전히 달랐던 것이다.

소개시켜준 지인만 아니었으면 분명 한마디했을 것이다. 그러나 사회적 지위도 있는 지인을 생각하며 그 한마디를 꿀꺽 삼켰다. "청장님, 그렇게 다른 사람을 깔봐서 정치하시겠어요?" 혹은 그냥 단호하게 "은행으로 입금하세요"라고 했었어야 그 '쭈꾸미상'의 남자를 바로 잊어버렸을 텐데.

지인의 말에 의하면 수십 억 하는 강남의 아파트에 살며 지방에 땅이 엄청 많은 부자라고 했다. 그렇게 돈이 많은 남자는 부인에게 생활비 외는 십 원도 더 주지 않아, 그 부인이 늘 쪼들리며 산다고 했다. 그러고 보니 그 부인의 얼굴이나 차림새에 궁한 티가 났다. 가족보다 돈이 매우 중요한 남자들은 도처에 있다.

미국의 심리학자 매슬로는 인간 욕구를 다섯 단계로 나누었다. 일이 단계는 생존과 안전에 대한 욕구이며, 삼 단계는 성취와 실적의 욕구이며, 사 단계는 존중과 공감의 욕구이며, 오 단계는 베품의 욕구라 했다. 그는 삼 단계에 머물러 있는 '미숙인간'인 것이다. 오 단계까지는 아니라도, 적어도 위정자爲政者라면 '존중과 공감의 욕구'까지는 가줘야 하지 않을까. 정치하는 사람이란 뜻의 '위정자'가 난 늘 '위선적인 정치를 하는 인간'으로 읽힌다.

난 물건값을 잘 깎지 않는다. 그 상인이 내게 바가지를 씌웠다면 그 사람의 '업業'이 될 것이다. 그러나 내가 야박하게 값을 깎아서 물건을 산다면, 상인은 어쩔 수 없이 물건을 팔기는 하겠지만 그 사람의 '원怨'을 사게 된다. 그러면 내 '업'이 되는 것이다. 더 이상 카르마를 짓고 싶지 않다.

한 이틀쯤 그 남자는 나를 불편하게 했다. 결론은 '내 탓'으로 돌렸다. 언젠가 나도 그 남자처럼 누군가에게 모멸감을 줬겠구나, 하고 생각했다. 어쨌든 그는 나의 스승이다. 그의 교만을 보며 내 속의 교만을 응시할 수 있었으니. 이 글을 빌려 과거에 알게 모르게 모멸감을 준 모든 이들에게 머리 숙여, 깊이 사과드립니다.

부디, 저를 용서하지 마십시오.

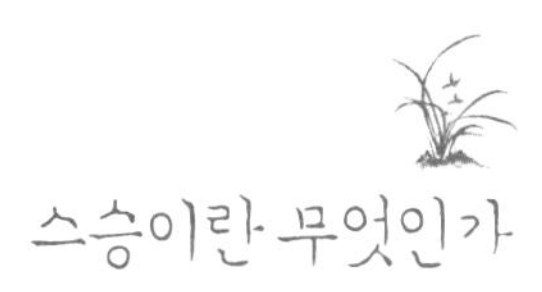

스승이란 무엇인가

점령군처럼 들이닥친 폭염에 철없는 감기몸살로 근 보름간 아팠다. 문득 달력을 보니 5월 15일이었다. 5월 15일은 국정 공휴일은 아니지만 나라가 정한 '스승의 날'이다. 어쩌다보니 대학원까지 나오게 되어 거의 20년 가까이 학교를 다닌 셈이다.

대학에서 그래픽디자인을 전공했고, 대학원에서는 문예창작을 전공했다. 교수가 되고 싶은 마음이 있었으면 진작에 대학원을 미술대학으로 갔을 것이다. 내가 아는 몇 안 되는 천재 중 한 명이라고 생각하는 분이 내 대학 때의 스승이었기 때문이다.

그러나 내 꿈은 오로지 작가가 되는 것이었다. 초등학교 4학년 때 교내 백일장에서 장원을 했을 때 어느 여선생이 나중에 훌륭한 작가가 되겠다고 칭찬한 이후 내 꿈은 작가였다. 작가가 되는 게 꿈이었다면, 작가가 되었으니 꿈을 이룬 셈인가?

등단 소식을 들었을 때 제일 먼저 대학 때의 스승 L교수에게 전화를 했다.

— 교수님, 교수님을 배신하고 저 문학의 길로 가게 되었습니다.

들뜨고 흥분된 목소리로 내가 말했다.

— 그래? 야아, 정말 축하한다. 배신은 무슨, 그 길이나 이 길이나 똑같은 길이야. 늘 지켜볼테니 열심히 해.

늘 지켜보신다는 말은 천군만마를 내게 보내준 것 같았다.

감히 말하건대 내가 L교수의 첫 제자이면서 그는 나의 마지막 스승이다. 그는 내가 대학교 3학년일 때 처음 부임해 오셨다. 나이는 삼십대 초반이었다. 크지 않은 키에 몸은 통통한 편이었다. 머리는 베토벤 머리였고, 웨스턴 스타일의 콧수염을 길렀으며, 클린트 이스트우드의 청바지에 와인색 구두로 포인트를 주었다. 첫인상은 귀여운 팬더곰 같았지만, 안경 너머로 번뜩이는 눈빛은 범상치 않은 인물임을 한눈에 알 수 있었다.

그때까지 내가 알던 어떤 교수와도 달랐다. '그래픽디자인'이나 '일러스트레이션'이라는 말이 생소하던 시절이었다. 응용미술, 상업디자인 등으로 불리며 순수미술보다 한 수 아래로 보는 경향이 있었다. 그러나 L교수가 부임하면서부터 지방대학의 디자인학과는 눈부신 발전을 했다고 생각한다. 그는, 그의 재능에 질투심을 느낀 둔재 교수들의 텃세를 견디기도 했다.

광고는 자본주의 꽃이다. 포스터, 신문과 잡지의 광고, 카탈로그, 책 표지, 포장, 기업의 로그, 패키지 등등 모두 그래픽 디자이너들의 몫이다. 그는 천재였다. 사물이나 인물의 성격이나 특징을 단번에 파악하여 더 이상 한 점도 뺄 수 없을 지경까지 단순화시켜 하나의 '캐릭터'를 완성했다.

그의 일러스트레이션 중 압권은 당연 한국의 여인상 시리즈다. 한국을 알리는 관광 포스터의 족두리를 쓴 여인부터 시작해 장옷 입은 여인, 연실과 여인, 폭포를 찾은 여인, 성춘향, 시집가는 날, 나들이, 섬마을 소녀, 춘희… 얼굴 윤곽을 전혀 그리지 않고 눈과 입술만 그려넣었는데도 우리는 얼굴선이 있는 것으로 착각한다.

'화려하며 근엄한 검은색에 최소한의 단순화된 형태, 유용하게 채워진 여백은 내가 그리고자 하는 일러스트레이션의 전부'라고 했다. 그 외 소나무, 억새, 물, 바람과 산, 새, 들, 풀이 어우러진 노래가 그의 그림 소재들이었다. 그가 천재임을 확인하고, 디자인의 생명은 '심플Simple'이라는 한마디만 기억하고 대학을 졸업했다.

— 정영희는 말이야, 키가 커서 키 작은 천재를 다 놓치겠어?

언젠가 이렇게 말한 적이 있다. 정말 그런 것 같다. 내 키는 165센티미터다. 아, 5센티만 작았어도 천재를 만날 수 있었을 텐데.

그 후 가끔 그의 작품전에 가서 선후배들을 알게 되었다. 선배들은 딱히 그의 제자는 아니었지만, 스승으로 모실 사람이 없어 그를 스승으로 모셨다. 그는 권위나 위계질서를 중요하게 생각하지 않았다. 그와 뒤풀이에서 술을 마시면 동시대를 살아가는 작가로 느끼게 했다. 언제나 유머러스하게 화제가 풍부했고, 먼저 스스로를 디스하기 때문에 누구도 폼 잡고 앉아 있을 수 없게 만들었다. 웃을 때의 그 천진함은 모든 사람을 무장해제시켰고, '말술'을 당할 자는 없었다.

그의 주위에는 늘 제자들로 들끓었다. 재능이 있든 없든, 잘 나가든 못 나가든, 언제나 그 사람의 장점을 찾아내어 칭찬해주었고, 사소한 추억을 기억해서 들려주곤 했다. 사람을 대함에 있어 편견이 없었다.

나는 잠시 배웠지만 내 후배들은 그의 수액을 먹고 자라, 엄청난 일러스트들이 되어 있었다. 그의 제자 중 교수가 된 사람이 스물다섯 명쯤 된다고 들었다.

그런 그가 삼 년 전에 정년퇴임을 했다. 그 전에는 굳이 내가 챙기지 않았다. 그러나 퇴임을 한 이후는 5월 스승의 날을 즈음하여 나와 친분이 있는 선후배 12명쯤을 '톡방'으로 불러 모아 날짜와 시간을 정해 저녁을 먹고는 했다. 인생을 살아가며 스승의 날에 밥 한 끼 같이하고 싶은 분이 있다는 게 얼마나 큰 행운인가.

— 교수님, 스승의 날 축하드립니다. 제가 지금 감기몸살로 끙끙거리느라 선후배들과 교수님 모시고 밥 먹자는 소리를 못하고 있습니다. 조만간 연락드리겠습니다.

일단 이렇게 L교수에게 문자를 보냈다. 고맙다는 답글이 왔다. 그러고 한 닷새쯤 지나자 몸살이 그만한 거 같아 선후배들에게 단체톡을 했다.

— 교수님, 선배님 후배님. 다음 주 저녁 함 뭉칩시다. 되시는 요일들 올려주시고, J후배님은 장소 시간 부탁드립니다. 회비는 3만 원.

오전 8시쯤 보내고 잠시 바쁘게 지내다가, 오후 3시 20분쯤 생각이 나서 톡을 확인했다. 깜짝 놀랐다. 세상에 무플이었다.

— 어머나 다들 대학을 여러 군데 나오셔서 만나야 할 교수님과 선후배가 많으신가 봅니다. 저는 Y대학교밖에 안 나와서, 일 년에 한 번쯤 5월이면 만나고 싶은 분들이 여기 초대한 교수님과 선후배님들밖에 없답니다. 다들 대통령보다 더 바쁘신가 봅니다. 저 혼자 소중한 분들이라 생각해서 죄송합니다. 건강하게 오래오래 잘들 사세요.

이렇게 문자를 보내고 톡방에서 탈퇴했다. 그랬더니 곧바로 J후배와 또 다른 후배가 나를 다시 초대해서 화 푸시라고 했다. 식당 정해서 톡 하려고 했다고 사과했다. 두 명의 후배가 더 못 나온다는 답글이 올라오자, L교수가 다음 주는 속초에 있어야 할 일이 있어서 참석이 어렵다고 응답했다.

사실인지 아닌지는 모르지만 L교수는 제자들에게 폐를 끼치기 싫어서 그렇게 핑계를 댄 것이라 생각한다. 지난 겨울에는 막내가 결혼했다. L교수는 자녀가 네 명이다. 위로 딸 셋에 막내가 아들이다. 그 막내 결혼식에 청첩장 보내는 게 무슨 죄인 같았다고 말한 적이 있다.

L교수는 지금 가족과 떨어져 속초시에 위치한 '아야진항'에 있다. '황야의 이리'처럼 홀로 자신의 동굴에서 대양을 마주하고 지낸다. 어느 날 동해의 일출 장면을 찍은 사진을 보내오기도 했다. 맹수는 때가 되면 하이에나 떼들이 들끓는 들판에서 물러나 자신의 동굴에서 나오지 않는다.

결국 L교수가 서울에 올라올 때 날을 잡자고 하고 마무리 되었다. 그로부터 나는 한 달을 더 아팠다. 오늘은 2017년 6월 15일. 폭염주의보가 내려진 날 전기장판을 끼고 누워 스승이란 무엇인가를 생각해봤다.

그가 퇴임하고 고작 세 번째 돌아오는 스승의 날이었다. 더 이상 그에게 덕 볼 게 없어서일까. 아님 스승이 덕을 못 베푼 것일까. 당신은 어느 쪽이십니까?

생의 힘든 모퉁이를 돌 때면

생生의 힘든 모퉁이를 돌 때면 생각나는 여자아이 순지(가명)가 있다. 이젠 아이도 아니지. 나와 초등학교 동창이니, 죽지 않았다면 나와 똑같이 나이를 먹었겠지. 기억이란 원래 자기가 기억하고 싶은 것만 기억하거나, 재구성해서 기억(특히 소설가는 자신도 모르게 슬쩍 픽션을 가미할지도 모른다)하므로 이 글 또한 그러할지도 모른다. 그러니 혹여 이 글을 보더라도 다치지 말기를 바란다.

초등학교 6학년 때였다. 동네에서 한복 삯바느질을 하는 여자가 어머니에게 돈을 빌렸던 모양이다. 어느 날 어머니는 돈을 언제쯤 갚을 건지 물어라도 봐야겠다며, 언덕에 있는 그 여자 집으로 올라갔다. 나는 어머니를 따라나섰다. 그 삯바느질을 하는 집은 동네에서도 제일 높은 골목의 끝집 문간방에 세 들어 살았다. 어머니가 안에 누구 안 계시냐고 하자, 반쯤 열려져 있는 부엌문 안에서 기척이 나면서 방문이 열렸다. 연탄가스 냄새가 났지만, 콩만한 부엌은 깨끗하게 정리정돈이 되어 있었다. 방문이 열리자 창백하고 뼈만 남은 한복 입은 여자가 방바닥에 천을 펼쳐놓고 한복을 재단하고 있었다. 그 여자는 이 세상 사람 같지 않았다. 전혀 무게감이 느껴지지 않았고, 처연하게 아름다웠다. 그 뼈만 남은 여자의 옆에서 순지가 밥상에 앉아 공부를 하고 있었다. 순지는 나와 눈이 딱 마주쳤다. 잠시 놀라는 듯했으나, 전혀 개의치 않고 '영희야, 안녕!' 하고 명랑한 목소리로 인사했다.

순지는 우리 반에서 일등을 하는 아이였다. 나는 그때 처음으로 순지가 한복 삯바느질하는 집의 딸인지 알았다. 부엌 딸린 단칸방 하나에 폐병 든 어머니와 오빠와 언니와 여동생, 이렇게 다섯 명이 살았다. 그녀와 별반 친하지는 않았지만 그녀의 가족 구성원 정도는 알고 있었다. 합창반, 악대부, 체육부, 환경미화 등 교외 활동을 늘 같이 했었다. 나는 아무리 노력해도 순지를 따라잡을 수 없었다. 아마 내 인생에서 초등학교 6학년 때 공부를 제일 열심히 했을 것이다. 순전히 순지를 이겨 보려는 욕심에서.

순지는 늘 오빠언니 자랑을 했다. 오빠가 공부를 잘해 내년에는 미국에 있는 대학교에 장학생으로 유학을 간다고 했다. 그녀의 언니도 전교에서 일등을 하며 장차 의사가 될 거라고 했고, 자기 아버지는 큰 사업을 하는데 지금은 미국에 계신다고 했다.

어머니가 순지의 집으로 돈을 받으러 간 이후, 그녀는 나와 굉장히 친한 척했다. 어느 날 내가 없는데도 나를 찾아온 그녀는 어머니에게 밥상까지 얻어, 내 방에서 공부를 하고 있었다. 그나마 내 책상에는 앉지 않았다. 난 가죽으로 된 등 높은 초록색 회전의자에 앉아 공부를 하고 그녀는 밥상에 앉아 공부를 했다. 그러나 난 한번도 그녀를 이겨본 적이 없다. 양 옆으로 덧니가 났고, 얼굴도 검은 편이고 눈도 작고 코도 작고 입만 큰 편이었다. 순지는 자기 어머니를 전혀 닮지 않았었다.

그렇게 시작한 순지의 우리 집 출입은 중학교 2학년 때까지 갔다. 물론 뺑뺑이를 돌려 들어간 중학교는 서로 다른 학교였다. 그러나 내가 집에 없을 때도 순지는 내 방에서 공부를 했다. 난 어머니에게 혼나기 일쑤였다. 순지는 네 방에서 공부하고 있는데 넌 어딜 그렇게 싸돌아다니느냐고. 난 내 방에 들어가면 화가 난 듯이 항상 순지를 등지고, 등 높은 회전의자에 앉아 딴짓을 했다. 그녀는 열심히 공부를 하고 난 소설책을 읽거나 시를 썼다.

중학교 3학년 때 그녀 어머니가 피를 토하고 돌아가시자, 순지 가족은 다른 곳으로 이사를 가서 더 이상 내 방에 나타나지 않았다. 난 순지를 별로 좋아하지 않았으므로 서운한 느낌도 없었다. 그냥 그 처연하게 아름다운 어머니가 돌아가셨다는 게 마음이 좀 아팠다.

그녀는 분명 '경북여고'(우리 때까지 고등학교 입시가 있었다)에 들어갔을 줄 알았다. 그런데 고등학교 입학식 날 그녀를 화장실에서 만나 깜짝 놀랐다. 내가 들어간 여고는 이차였으므로 경북여고 떨어지고 온 게 분명했다. 그런데 그녀는 나를 보자마자 경북여고 떨어진 게 아니고 이 학교에서 전액 장학생으로 오라해서 왔다고, 묻지도 않는 말을 했다.

그런데 2학년에 올라가면서 순지는 학교에서 사라졌다가 2학년 말에 다시 돌아왔다. 내가 다닌 여고는 가톨릭 재단이었다. 어느 날 교리를 담당하는 사복 입은 수녀님이 나를 불렀다. 어떻게 알았는지 내가 순지와 초등학교 동기라는 걸 알고 내게 순지에 대해 꼬치꼬치 물었다. 지금 기억나는 건, 순지가 초등학교 다닐 때 거짓말을 잘했냐는 것이었다. 왜 그런 걸 묻느냐고 내가 질문을 하자, 순지가 서울로 입양을 갔다가 거짓말을 너무 해서 파양되어 다시 돌아왔다는 것이다. 그리고 이런 사실은 너만 알고 있었으면 좋겠다고 덧붙였다. 나는 그녀가 초등학교 때 거짓말을 잘했는지는 알지 못했다.

그러나 대학생이 되었을 때, 우연히 경북여고를 나온 초등학교 동기 하경을 만났다. 하경은 순지와 중학교 동기였다. 하경은 순지가 경북여고 떨어져서 내가 다닌 이차 여고에 들어갔다고 했다. 걔 입에서 나오는 모든 말은 구십 프로가 거짓말이라고 보면 된다고도 했다. 오빠가 미국 유학을 갔다거나, 언니가 장학생으로 의대를 갔다거나, 여동생이 서울의 부잣집 외동딸로 입양됐다거나 하는 말들이 다 거짓말이라고 했다. 순지의 말대로 전액 장학생에 생활비까지 받으면서 여고를 다녔는지는 알 수 없다.

이십대 초반 때의 소문은 그녀는 재수를 해서 이화여대에 들어갔다고 했다. 그리고 마지막으로 삼십대 때 들은 풍문은 그녀가 교수가 된 게 아니고 자기 남편이 교수라고 만나는 동창들에게 얘기를 한다고 했다. 이 말을 전하는 하경은 순지가 정말 이화여대를 들어갔는지는, 학적부를 떼보지 않은 이상 믿을 수 없고, 그 남편이 교수인지도 알 수 없다고 했다. 하경은 순지의 말을 거의 믿지 않았다. 어릴 때부터 한두 번 속았냐고 했다.

그런 순지가 왜 나는 생의 힘든 모퉁이를 돌 때마다 생각이 날까. 어머니 말에 의하면 그녀의 어머니가 '둘째'라고 했다. 아버지가 부재한 집안의 잘못된 소문이었을 수도 있다. 그러나 나는 그 말을 듣는 순간 도끼에 발등이 찍히듯, 그녀 가슴 속의 아픔과 슬픔과 외로움을 몽땅 알 수 있을 것 같았다. 그걸 지천명이 지난 나이에 이해가 되다니. 난 정말 이기적인 인간이란 생각이 들었다. 어린 순지는 그 아픔과 슬픔과 외로움을 가슴의 한 방에 밀어넣고 굳게 빗장을 건 뒤, '희망'이라는 방문만을 활짝 열어놓았던 것이다. 삶의 비밀을 이미 보아버린 '어린 영혼'은 거짓말로 자신을 위무했을 것이다. 비록 방법은 좋지 않았지만 말이다. 아마 한번 뱉은 거짓말을 감추기 위해 또 거짓말을 지어내고 또 지어내고 했을 것이다.

나라고 삶의 짠맛, 쓴맛을 비켜지나갈 리 없다. 생의 힘든 모퉁이를 돌 때마다 거짓말을 하고 싶은 충동을 느낄 때가 있다. 남편은 사업차 미국에 가 있고, 아들은 서울대 나왔고, 지금은 삼성맨이라고 순지처럼 함박웃음을 웃으며 말이다. 실상은 남편은 중국 사업을 접고 실속 없이 외국을 들랑거리며, 아들은 삼수해서 겨우 경기권 대학에 들어갔고, 지금은 작은 회사에 인턴사원으로 있다.

그러나 나는 비록 거짓말을 하지는 않지만 내 상황을 약간 미화해서 말하고 있는 자신을 발견하곤 했다. 남편은 늘 외국으로 돌아다니느라 바쁘고, 아들은 탄탄한 중소기업에 잘 다니고 있고, 나야 늘 책을 보거나 글을 쓰거나 상담을 하며 지내지, 라고. 그러나 사실은 그렇게 해피한 상황이 아닌데 말이다. 비관적으로 말해봐야 아무런 덕이 안 되고 기분만 더 우울해진다는 걸, 순지는 열두 살에 알고 나는 이제 안 것이다. 그렇게 긍정적으로 말하는 것도 거듭하다보니 습관이 되어, 늘 맑고 행복한 미소로 사람들을 대하게 된다. 가끔

은 '불안'이 나를 집어삼키려고 이빨을 드러낼 때도 있지만, 말을 희망적으로 하다 보니 정말 남편이 곧 대박을 터뜨릴 것 같고, 아들이 훌륭한 회사에 다니는 것 같고, 나는 부유하게 문화예술을 향유하는 뼈 속까지 '부르주아'인 것 같은 기분이 들었다.

순지가 이화여대를 들어갔는지, 교수 남편을 만났는지 알 수 없다. 그러나 지금쯤 행복하고 편안하게 더 이상 거짓말을 하지 않아도 되는 삶을 살고 있으면 좋겠다. 이 새벽 그녀의 아프고 외로웠던 '어린 영혼'에게 한없는 연민과 사랑을 보낸다.

달을 가리키면 달을 보라

달을 가리키면 달을 볼 줄 알아야 한다. 대부분의 사람들은 달을 가리키는 손가락을 보고 세 치 입을 놀리기 일쑤이다. 나도 예외는 아니다. 나는 가톨릭 신자다. 내 욕구에 의해 선택한 종교는 아니지만, 태어나면서 영세를 받았다. 정약용 후손이니 역사도 깊다. 결혼 또한 유구한 역사를 자랑하는 대구의 '계산성당'에서 했다. 6월 26일인데 웬 바람이 그렇게 부는지, 내 면사포가 바람에 만장처럼 펄럭였다. 바람은 불고 햇살은 뜨거웠다. 성당 마당에서 찍은 결혼 사진은 신랑 신부뿐 아니라 하객들까지 모두 찡그리고 있었다. 그 범상치 않은 샛바람이 내 결혼생활의 불길함을 알리는 전령이었나 싶을 때가 있다.

결혼하면서 빛이 들어오지 않는 토굴에 갇힌 기분이었다. 대화할 사람이 한 사람도 없었다. 남편은 새벽별 보고 나가 새벽별 보고 집에 들어왔다. 나는 종일 어린 아들과 대학을 다니는 시동생과 시누이와 생활했다. 아침에 남편을 보내고 시동생과 시누이의 도시락을 싸서 학교에 보냈다. 종일 내 영혼은 구천을 떠도는 허깨비 같았다. 결혼이라는 제도가 이런 거였구나. 나라는 개별적 존재는 존재하지 않았다. 나는 나라는 개별적 존재가 존재함을 놓치지 않기 위해 글을 쓰기 시작했다.

내가 삶에 대해 던지는 질문과 의심 혹은 불화를 종교가 아닌 '문학의 전당'에서 찾으려 했다. 내 욕구에 의해 선택한 종교가 아니어서인지 맹목적으로 하느님을 찾게 되지 않았다. 언제나 삐딱한 자아는 삶과 불화했다. 그 삐딱한 자아와 치열한 싸움 끝에 겨우 하나의 깨달음을 얻고는 했다. 그 깨달음의 결정체가 책을 한 권씩 출간하는 거였다. 벽돌 한 장 한 장을 쌓아 집을 짓듯 문장으로 집을 짓고 나면 나름대로, 손톱만큼쯤 삶과의 어설픈 화해를 하고는 했다.

그러나 남편의 사업이 힘들어지자 문학은 내게 아무런 답을 주지 못했다. 오히려 생활이 어려워지자 글을 쓸 수 없게 되었다. 무항산, 무항심無恒產, 無恒心이라 했던가. 생활이 안정되지 않으면, 바른 마음을 지키기 어렵다. 『맹자』의 「양혜왕」 편에 나온다. 문학이란 결국 정신의 가장 사치하고 허영에 찬 예술 분야라는 것만 뼈저리게 깨닫게 해주었다. 글을 써서 먹고사는 사람은 0.6%도 되지 않는다. 채 1%가 되지 않는다는 얘기다. 어찌 감히 0.6% 안에 들어갈 수 있겠는가. 또한 베스트셀러가 되기란 로또복권 되는 것보다 어려운 일이다.

사람이 물에 빠지면 지푸라기라도 잡는 법이다. 그 지푸라기는 종교도 아니고 문학도 아니었다. 나는 무당을 찾아다니기 시작했다. 남편의 사업이 언제쯤 괜찮아질 것인가를 묻고, 묻고, 또 묻고 다녔다. 굿도 많이 했다. 눈이 펄펄 내리는 팔공산 골짜기에서 박수무당의 굿을 지켜볼 때면, 정신이 아득하여 여기가 저승과 이승의 회랑인가 싶기도 했다.

고등학교 국어 선생을 하다 신내림을 받은 박수무당은 윗대 조바위를 쓴 자그마한 할머니가 남편을 도와줄 것이라 했다. 또 다른 무당은 장군 신장의 쾌자를 부적으로 주면서 장군 신장이 나를 도와 남편의 사업이 잘 될 거라고 했다. 그 무당과는 강화도 바닷가까지 가서 굿을 했다. 소설가적 호기심 때문인지 굿을 보고 있으면 신기하고 재미있었다.

아무튼, 남편의 사업은 부도가 나고 말았다. 아무리 생굿을 해도 벚꽃이 피지 않듯이, 아무리 굿을 해도 안 되는 건 안 되는 거였다. 강남에서 성남으로 이사를 했다. 어느 바람이 몹시 부는 봄날, 무당이 부적으로 준 장군 신장의 쾌자를 없애야겠다는 생각이 들었다. 아파트 뒤로 돌아가 라이터로 그 울긋불긋한 나일론 쾌자를 태웠다. '주의 기도'를 외우면서. 하늘에 계신 우리 아버지 아버지의 이름이 거룩히 빛나시며…. 화학섬유는 마지막에 딱딱한 플라스틱으로 변했다. 나는 발로 그걸 땅에 묻었다. 그 길로 다시는 무당에게 가지 않았고, 매일 아침 하느님께 기도를 했다. 일주일쯤 매일 아침 십자가 앞에 촛불을 켜고 기도를 했을 때, 꿈에 선종하신 교황 요한 바오로 2세(1984년 방한하셨을 때 한국 땅에 입맞춤을 하신 분)가 하얀 수단을 입고 나타나 아들과 나에게 성수로 축복을 해주었다. 그 꿈 이후 난 열심히 주일이면 성당을 나갔다. 우리 집도 어느 정도 안정을 찾아갔다.

그러다 언젠가부터 또 성당 미사 참석을 하지 않고 있었다. 핑계가 많았다. 성당 미사 참석만 하면 신부님이 돈 얘길 끄집어냈다. 그 말이 거슬렸다. 신부님이 왜 저렇게 돈 얘기를 길게 하시는지 마음에 들지 않았다. 성당 주차장 공사를 하기 위한 기금 마련을 하고 있었는데 말이다. 지극정성으로 올리는 신부님의 미사 집전 스타일도 마음에 들지 않았고, 성가대의 성가도 가식처럼 들렸다. 강론도 내용이 마음에 들지 않았다. 성당 미사를 참석하고 싶지 않은 핑계는 열두 가지였다.

그런데 이번엔 아들이 힘든 시기를 만났다. 아들이 취직이 잘 되지 않았다. 그동안 내 스스로는 '문학의 전당'에서 나름대로 깨달음을 얻어내 설익은 자아는 조금씩 성숙해지고 있었지만, 아들에게 아무런 힘을 줄 수는 없었다. 남편은 IMF로 무릎이 꺾였는데 아들은 '삼포세대(연애 결혼 출산을 포기한 세대)'로 분류되어 나름의 보릿고개를 넘고 있는 중이었다. 어미의 가슴은 타들어갔다.

간절한 기도가 필요했다. 아침마다 기도는 하지만 주일을 지키기가 쉽지 않았다. 특히 '고해성사'를 봐야 하는 게 참으로 힘들었다. 내 스스로를 기만하는 행위 같았고 내 자신에게 거짓말을 한 느낌이 들어서였다. '성령'을 받아 철야기도에 강의를 다니는 친구에게 이런 마음을 얘기했더니, 율법이 없으면 인간은 죄인인 줄 모른다. 죄를 통해 하느님을 안 거다. 그러나 인간이 만들어놓은 법에서 율법을 다 지키기란 어렵다. 율법에 너무 묶이지 마라. 인간도 인간이 할 수 있는 방법으로 성신誠信하면 네가 해방된다, 고 말해주었다. 늘 어렵고 멀게만 느껴지던 성당의 계율과 형식을 단번에 뛰어넘을 수 있게 해준 친구의 조언이었다. 그 친구도 그 친구 나름의 혜안으로 내게 말해주었을 것이다.

그러나 다시 분심分心이 들기 시작했고, 성당을 가다말다 했다. 여전히 신부님의 미사 스타일이나 강론이 마음에 와닿지 않았고, 성가대의 성가는 길고 지루했다. 성당 주차장 공사를 한다고 온통 마당을 뒤집어 엎어놓은 것도 불편했다. 삐딱한 자아가 성당 오기 싫은 핑계를 잘도 찾고 있었다. 그러다 어느 지면에 칼럼을 썼는데, 내가 쓴 의도와는 전혀 다르게 말하는 사람을 보고 크게 깨달게 되었다.

난 달을 가리키는데, 내 글을 읽은 사람은 달을 가리키는 내 손가락을 보고 이러쿵저러쿵 하고 있는 게 아닌가. 나 역시 마찬가지라는 생각이 들었다. 그 깨달음이 오자 쥐구멍에라도 숨고 싶었다. 신부님이나 성당 마당이나 성가대를 보러 성당을 가는 게 아니라는 생각이 그제야 들다니. 신부님은 '성경 말씀'을 가리키는데 나는 그 성경 말씀은 보지 않고, 엉뚱하게 성경 말씀을 가리키는 손가락을 보며 불평을 하고 있었던 것이다.

남이 들으면 코웃음칠 이 작은 깨달음을 얻는데 이렇게 많은 시간이 필요했다니. 인간은 자신이 경험하지 않은 것은 결코 깨달을 수 없는 존재라는 생각이 들었다. 그 깨달음 이후, 성당 미사를 가니 모든 것이 달라 보였다. 신부님이 얼마나 지극하게 미사를 집전하는지 알 수 있었다. 겨우 신부님과 혼자 화해하고 열심히 미사 참석을 하려하는데 신부님이 다음 주부터 성남대리구청으로 가신다고 했다. 나는 신부님(이용기 안드레아)과 이별의 악수를 하며 눈앞이 붉어졌다.

언제나 깨달음은 운명보다 한 발짝 늦게 이방인처럼 쓸쓸하게 찾아온다. 앞으로는 누군가 달을 가리키면 반드시 달을 볼 것이다.

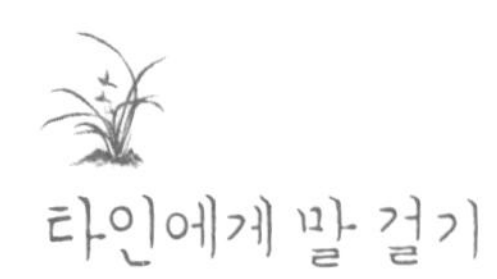

타인에게 말 걸기

2017년 9월 5일 화요일.

일과를 마치고 샤워를 하고 나와 습관처럼 텔레비전을 켰다. 그 시간이 대부분 밤 11시쯤이다. 텔레비전은 언제나 뉴스 채널에 맞춰져 있다. 허리를 숙이고 수건으로 머리를 닦다가 불현듯 허리를 곧추세웠다. 뉴스는 소설가 마광수(향년 66세)의 부고 소식을 알리고 있었다. 동작 멈춤 상태에서 그 뉴스를 한참 보다가 다른 뉴스로 옮아갈 때쯤 얼굴에 로션을 바르고 머리에 에센스를 발랐다.

평소 하던 대로 행동을 하고 있지만 어쩐지 허둥댄다는 느낌이 들었다. 이 개운하지 않는 기분이 뭔지 알 수 없었다. 12시 반까지 채널을 여기저기 돌리며 뉴스만 보다가 자리에 누웠다. 모 출판사에서 러브스토리 시리즈로 마광수를 끼워 내기로 했는데, 마광수가 우울증이 심해 무산됐다는 소리를 선배에게 들은 기억이 났다. 같이 내기로 했던 또 다른 소설가도 불미스러운 일이 생겨 결국 선배 혼자만 책을 냈다며, 내게 전해주러 왔었다.

— 가끔 새벽 1시에 전화가 오곤 했다. 세상이 너무 무섭다고. 세상이 자신을 아직도 비난하고, 왕따시켜 아무것도 할 수가 없다고…. 다음 날 만나기로 했는데 도저히 못 나가겠다고 해서 결국 못 봤다.

지난 봄에 선배에게서 들은 말이다.

나는 자리에서 일어나 서가로 갔다. 마광수가 내게 사인해서 보낸 책을 찾았다. 『광마일기』. 사인을 한 속지에는 1997년 1월이라 적혀 있었다. 난 이 책을 읽었던가?

20년 전이다. 어느 모임에 나갔는데 거기에 마광수가 있었다. 저녁을 먹는 내내 마광수는 말이 별로 없었다. 술이 약해 보였다. 첫 잔에 붉어진 얼굴이 종당에는 창백하게 변해갔다. 그러나 그는 이따금 안경 너머로 나를 잠깐씩 응시하는 걸 느낄 수 있었다. 그는 그때 이미 『즐거운 사라』(1992년) 필화사건으로 한바탕 세상을 뒤흔들어 놓았고, 두 달쯤 옥살이를 하고 집행유예로 풀려났다. 그 즈음 그는 연세대학교 교수에서 직위 해제되어 시간강사 생활을 했다. 그 '외설시비' 사건은 워낙 파장이 커서 몇 년이 지났는데도 모두들 어제 일어난 일인 것처럼 기억하고 있었다.

— 저어…. 차 한 잔 합시다.

식당에서 나왔을 때 마광수는 무표정하게, 또한 수줍기 짝이 없는 표정으로 내게 말을 걸었다. 난 속으로 몹시 놀랐지만, 태연한 척 후배 둘을 달고 주변의 커피숍으로 갔다. 후배 하나는 이화여대를 나온 화가였고 하나는 묘령의 시인이었다. 다들 말발들이 센 여인들이었다. 차를 마시자고 해놓고 정작 그는 말이 없었다. 그는 식물처럼 조용했고, 이따금 눈을 들어 말발 센 여인 세 명을 바라보곤 했다. 내가 화장실을 다녀오는 내내 나를 보고 있다는 느낌을 받았다. 그는 내 전화번호와 주소를 물었다. 나는 전화번호는 적지 않고 주소만 적어 주었다. 그는 그 메모지를 보고 보일 듯 말 듯 웃은 것 같다.

며칠 후 그의 저서 『광마일기』가 도착했다. 속지 위쪽으로 정영희 선생님께, 마광수 드림, 1997년 1월이라 적혀 있었다. 보통 작가들은 사인을 속지의 아래쪽에다 한다. 그게 안정감도 있고, 어쩐지 마침표를 잘 찍는 느낌이 있는 것이다. 그런데 그는 특이하게 위쪽으로 몰아서 했다. 그러니까 속지 아래쪽 80프로는 여백이었다. 위쪽으로 여백이 남아 있는 것과 아래쪽에 여백이 남아 있는 느낌은 완전히 달랐다. 마치 아래쪽의 그 여백은 자신의 삶을 다 살지 못하고 황망히 떠나버린 그의 나머지 삶의 여백처럼 느껴졌다.

그의 필체는 멋있었다. 내가 악필이라 글씨체가 좋은 사람을 보면 갑자기 존경스러워진다. 책 표지 그림도 그의 그림이었다. 사실 그는 화가이기도 하다. 그가 화가의 길만 걸었더라면 세상의 돌팔매를 피할 수 있지 않았을까 생각해본다. 그렇게 누드화를 많이 그린 김홍수 화백은 한번도 외설시비에 회자되지 않았지 않은가.

너무 일찍 성性 담론을 들고 찾아온 심약한 천재를 우리는 '변태'라고 낙인찍었다. 그런 사회적 흐름에 나 또한 공범의 혐의가 없었다고 잡아뗄 수 없다. 하여 그때 난 전화번호를 주지 않았을 것이다. 그때 전화번호를 줬으면 좋은 친구가 될 수도 있었고, 그랬다면 그가 저렇게 외롭게 세상을 떠나진 않았지 않았을까 하는 생각을 잠시 했다.

음란물, 옥살이, 해직, 왕따, 병고, 생활고, 외로움, 우울증… 넥타이가 아니라 스카프로 목을 맸다는 게 의미심장하네요. 뉴스에서 들었던 단어와 말들이 뒤숭숭하게 잠자리를 어지럽혔다. 나는 다시 일어나『광마일기』를 펼쳐 작가의 말을 읽어 내려갔다.

마광수 말고 또 한 사람에게 난 악착같이 전화번호를 주지 않은 적이 있다. 이 일도 20여 년 전이다. 그때 나는 지금의 강남 롯데백화점 앞에 있는 아파트에 살았다. 그때 강남 롯데는 '그랜드백화점'이었다. 에스컬레이터를 타고 올라가는데 누가 뒤에서 말을 걸었다.

— 청바지를 사러 가는데 혹시 리바이스 매장이 어디 있는지 아십

니까?

경상도 억양이 살짝 섞인 말투였다. 나는 소리 나는 쪽으로 고개를 돌려보았다. 세상에 내게 말을 건 사람은 영화배우 '김추련'이었다. 이미 전성시대가 한참 지난 그를 나는 단박에 알아보았다.

대학교 1학년 때 본 영화 〈겨울여자〉(1977년 김호선 감독, 1975년 조해일 원작)에서 신성일과 함께 주인공으로 나온 배우였다. 자신을 사랑한 남자는 자살을 하고, 자신이 사랑한 남자는 군대에서 사고로 죽게 되자, '이화'(장미희 분)는 죄책감과 충격으로 자신의 육체가 소중한 존재가 아니라는 인식을 하게 된다. 급기야 자신을 원하는 모든 남자에게 자신의 몸을 주겠다는 결심을 한다. 순결 이데올로기에서 벗어난 '이화'는 상처받은 남자를 만나면 육체로 치유해준다. 나중에는 정신지체아 학교의 선생이 되어, 진정한 사랑을 실천하며 살아간다.

그는 이 영화에서 이화가 사랑한 대학생 기자 '석기' 역을 했다. 당시 이 영화는 여성의 성모럴에 대한 논란을 불러일으켰다. 그 뒤로도 그의 전성기는 한참 이어졌다. 영화가 동시 녹음을 시작하면서 그는 스크린에 잘 나타나지 않았다. 내 기억으로는 그가 주로 에로 영화에 많이 나온 것 같다. (에로 영화만 골라본 건 아니다.) 식육점처럼 붉은 조명이 비치는 침대 위에서의 어색한 정사신은 그때의 내게는 너무나 충격적이었다. 지금 생각해보면 겨우 벗은 상체 정도만 보여줬는데 말이다.

— 4층이나 5층에 있을 겁니다.

나도 리바이스 매장이 어디에 있는지 알지 못했다.

— 저어… 저랑 차 한 잔 하시겠어요?

청바지를 사러왔던 김추련은 느닷없이 내게 차를 한 잔 하자고 했다. 지금은 웃기는 얘기로 들리겠지만, 그 당시만 해도 데이트 신청을 할 때는 언제나 차 한 잔 하자는 걸로 타인에게 말을 걸었다.

— 어머나, 아니에요.

나는 마치 에로 영화 속의 불결한 남자가 내게 다가오기라도 하는 양 기겁하며 거절했다.

그는 황망히 걸어가는 나를 조금 놀란 눈으로 멍히 바라보았다.

그러다 얼마 후 백화점 안에서 또 그와 마주쳤다.

— 저기요. 전화번호라도 가르쳐주세요.

— 어머나….

나는 귀신이라도 본 듯이 놀라 총총히 그의 시야에서 벗어났다. 왜 그렇게 그를 두려워했을까. 순간적으로 영화 속 그와 현실의 그를 동일인물로 생각했던 것일까. 마흔 언저리면 어린 나이도 아니건만, 나는 왜 그렇게 사람에게 선입견을 가지고 대했을까.

그로부터 십여 년 후인 2011년, 역시 그의 부고도 텔레비전에서 보았다. 칠팔십년대 청춘스타였던 영화배우 김추련이 경남 김해시 한 오피스텔에서 목을 매 자살했다는 기사였다. 그가 독신이었다는 것도 그때 알았다. 당뇨병과 고혈압과 우울증과 생활고와 외로움. 그의 사인死因을 알리는 단어들이었다.

『광마일기』를 펼쳐 작가의 말을 읽어 내려가다, 오래 전 삶을 버린 영화배우 김추련을 떠올렸다. 그들은 비슷한 나이에 죽었고, 사인도 비슷했고 죽음의 방식도 같았다. 스쳐지나가는 인연이었지만 어쩐지 그들의 죽음을 방기放棄한 느낌이 들었다. 그때 그들이 어렵게 타인에게 말을 걸었을 때, 전화번호가 뭐 그리 중요하다고 주지 않았는지. 그랬다면 적어도 말벗이 되어줄 수도 있지 않았을까. 최소한 따뜻하게라도 대해줄 걸 하는, 때늦은 후회가 일었다.

— 타인에게 친절하라. 그대가 만나는 모든 사람은 지금 그들의 삶에서 아주 힘겨운 싸움을 하고 있기 때문이다.(플라톤)

아무리 좋은 명언을 줄줄이 꿰고 있으면 뭣하나, 행동은 언제나 명언보다 한 발 빨라 '후회의 신'이 미소 짓게 하지 않는가. 이 글을 빌려 오래 전 두 분에게, 아니 그동안 알게 모르게 친절하게 대하지 못했던 모든 분들에게 머리 숙여 사죄드립니다.

고단했던 영혼, 부디 평온하시길 빕니다.

산복숭아 차를 마시며

며칠 전부터 저 산복숭아(개복숭아)를 건져야지, 건져야지 하면서 벌써 몇날 며칠이 지났는지 모른다. 직사각형 기둥처럼 생긴 담금 유리병에는 '2016년 8월 14일'이라고 적힌 견출지가 붙어 있다. 6개월 전에 내가 붙여둔 것이다.

작년 여름, 그 뜨겁던 여름 어느 날 전화가 왔다. 베트남 여자와 결혼한 남자다. 오 년 만이다. 그가 누구 소개로 내게 오게 되었는지는 기억에 없다. 처음 내 사무실을 방문한 건 팔 년 전이다. 그때 이미 스물다섯 살이나 어린 베트남 아가씨와 결혼해서 아들 '우주'를 낳았을 때다. 나는 그를 '우주아빠'라 부른다.

우주아빠는 지적장애가 있는 것도 아니고, 신체장애가 있는 것도 아니었다. 그저 말을 조금 더듬었고, 같은 말을 반복해서 했고, 요점 정리가 안 되는 말을 장황하게 하는 편이었다. 앞 머리카락이 빨리 빠져 오십의 나이보다 훨씬 더 들어보이기는 해도 나는 그 사람이 착하고, 정직하고, 순박한 사람이라는 걸 단박에 알아보았다. 현재는 노모가 물려준 땅에 농사를 짓고 있다고 했다. 말하자면 그는 파주에 땅이 많았다. 그는 사기를 당해 땅을 좀 날리기도 했다.

그가 내게 왔을 때는 우주가 아직 돌도 지나지 않았을 때다. 내게 상담하러온 이유는 자기 아내와 백년해로하겠느냐는 것이었다. 나는 "우주엄마 두 번 시집가는 사주 아니니까 걱정하지 마세요"라고 여러 번 얘기를 했다. 왜 그 질문을 자꾸 하느냐고 묻자, 우주엄마가 공장에 가서 일을 하려고 한다는 것이다.

우주아빠는 우주엄마가 공장에 일하러 가면 분명 자신과 우주를 버리고 도망할 거라는 것이다. 내가 사주를 조목조목 짚어가며 그럴 여자 아니니까 걱정하지 마시라고 했다. 근데 왜 아직 돌도 안 지난 아들을 버려두고 공장에 일하러 가려고 하느냐고 물었다. 친정에 돈을 보내려고 그런다는 것이다.

우주아빠가 좀 도와주면 안 되느냐고 하니, 지금은 현금이 없고 땅을 내놓았다고 했다. 그럼 땅이 팔리면 우주엄마 친정을 도와주라고 했다. 그러면 우주엄마가 공장에 일하러 갈 생각도 하지 않고, 도망

갈 생각도 하지 않을 거 아니냐고 말해주었다. 우주아빠는 횡설수설했다. 결혼할 때 돈을 주었다고 했다. 그래도 여유가 되면 한번 더 도와주라고 했다.

— 네네, 선생님 말씀대로 꼭 그렇게 하겠습니다. 네, 꼭 그렇게 하겠습니다.

우주아빠는 몇 번이고 깊이 고개 숙여 인사하고 갔다.

모든 선택은 질문자가 하는 거고, 나는 그저 사주를 보고 어드바이스만 해줄 뿐이다. 돌아가는 그의 뒷모습이 몹시 불안했다. 그러고도 삼 년은 더 내게 신수를 보러 다녔다. 어느 날 5년치 신수를 '간명지看命紙'에 풀어달라고 했다. 나는 그렇게 했다.

그는 잊을 만하면 전화를 해서 요점정리하기 몹시 어려운, 장황한 말을 한 시간 가량이나 하곤 했다. 그때마다 나는 늘 덕담을 했다.

— 우주아빠는 덕을 많이 쌓아서 우주가 아주 훌륭하게 될 겁니다.

나는 그 말을 열 번이고 백 번이고 해주었다. 그 말을 할 때마다 너털웃음을 지으며 그렇게 좋아할 수가 없었다. 그는 그 말을 듣고 싶으면 전화를 했다.

그러다 어느 날 베트남 커피를 두 봉지나 들고 찾아왔다.

— 어머나 제가 베트남 커피를 좋아하는지 어찌 아시고. 한 봉지만 주셔도 되는데요.

— 아닙니다, 선생님. 저는 선생님 말씀대로 땅을 팔아, 베트남의

우주엄마 친정집을 지어주고, 먹고 살게 가게도 얻어주었습니다. 그랬더니 우주엄마가 마음을 잡고 저와 노모와 우주에게 너무나 잘하는 현모양처가 됐습니다. 우주엄마의 얼굴에 웃음이 돌아와서 너무너무 행복합니다. 다 선생님 덕분입니다. 정말 감사합니다. 그리고 작별인사를 하러 왔습니다. 선생님, 선생님 말씀대로 저희는 남쪽으로 이사 갑니다. 흙이 많은 곳이 좋다고 하셔서 산자락을 샀습니다. 그곳에서 산복숭아 농사를 지으며 살 겁니다. 우리 우주를 위해서요.

얼핏, 우주아빠의 눈가에 물기가 어렸다 사라지는 게 보였다.

그는 경상북도 고령의 가야산 언저리로 이사했다. 나는 베트남 커피를 먹을 때마다 우주아빠를 생각했다. 내가 베트남 커피에 반한 건 호치민 길거리에서 사먹은 진하디 진한 에스프레소 때문이다. 길거리에서 사먹은 바게트도 우리나라의 어떤 호텔의 빵보다 맛있었다.

십 년 전 호치민에 갔을 때 르네상스 호텔과 빅토리아 호텔에 묵었었다. 그 두 호텔의 조찬에 나온 커피는 어설픈 '아메리칸' 스타일이었다. 신맛이 강하게 느껴져 맛이 없었다. 물론 이런 신맛을 좋아하는 사람도 있을 것이다. 식빵과 바게트도 웰빙 스타일이었다. 몸에 좋다는 견과류를 잔뜩 넣은 식빵과 바게트는 화가 날 지경이었다. 그런데 렌트한 차를 타고 가다 길거리에서 사먹은 에스프레소와 바게트는 다시 호치민에 가고 싶은 추억을 만들어주었다.

진한 쓴맛 속에 그들의 자존심처럼 단단한 고소함이 느껴졌다. 지금은 그새 입맛이 살짝 바뀌어 이탈리아산 '일리' 커피를 먹고 있지만, 여전히 베트남 커피에 대한 향수가 남아 있다. 길거리에서 사먹은 에스프레소는 출구 없는 미로에 갇힌 듯 덥기만 한 베트남 여행의 피로감을 단번에 날려버렸다.

메콩강변 깊숙한 열대숲에서 만난 사람들은 무표정했다. 그들은 말이 없고 조용해 보였다. 불행을 견디는 사람은 말이 없는 법이다. 그러나 호치민시내의 풍경은 완전히 달랐다. 허리를 곧추세우고 모터사이클을 타고 출퇴근하는 젊은 사람들의 거대한 물결을 보는 순간, 그들에게서 희망을 읽을 수 있었다. 짧은 시간 그들을 보았지만 그들은 품위가 있었다. 비굴하게 살지 않으려는 오만함이 얼핏 엿보였었다. 모터사이클의 물결은 장관이었다. 강물처럼 엉키지 않고, 각자의 운명처럼 제 길을 따라 달렸다.

— 선생님, 우주아빠예요. 그간 안녕하셨습니까? 우리 우주가 올해 초등학교에 들어갔습니다. 선생님 덕분에 저희 집은 너무너무 행복합니다. 천식에 시달리던 우주가 아주 건강해졌거든요. 우주엄마도 행복해하고 노모도 엄청 건강해지셨습니다.

가야산 자락으로 이사한 우주아빠는 내게 산복숭아를 보내줄 테니 주소를 가르쳐달라는 것이었다. 산복숭아를 설탕에 재어 청으로 만들어, 차로 먹으면 간에 그렇게 좋다는 것이다. 특히 기침이나 천식, 기관지염에도 엄청 좋다고 했다. 난 괜찮다고 했다. 그 산복숭아청을 만들려면 담금 병도 사야 하고, 산복숭아를 씻고 마른 수건으로 닦고 설탕을 사고, 며칠에 한번 저어줘야 하는 번거로움이 빛의 속도로 머릿속을 스쳐지나갔던 것이다. 매실액도 난 매실농장에서 사먹는다.

아무리 만류해도 우주아빠의 장황하고 반복적인 말에 당할 수는 없었다. 그럼 돈을 보내드리겠다고 하자 더욱 요점정리하기 어려운 말을 했다. 그래도 요점을 정리하자면 자신의 아들 '우주'에게 돌아올 덕을 쌓기 위해 은혜를 입은 선생님에게 꼭 보내야 한다는 것이다. 나는, 그럼 정말 조금만 보내주라고 했다. 기상청은 연일 복염주의보를 내리고 있을 때였다. 이 불볕더위에 나를 주려고 산복숭아를 딴다는 게 영 마음이 불편했다.

우체국 택배로 온 산복숭아는 다행히 양은 조금이었다. 조금인 거는 괜찮은데 매실 두 배 크기만한 산복숭아의 초라함에 조금 실망하기는 했다. 그래서 개복숭아라고 하는구나 싶었다. 그래도 우주아빠의 노고를 생각하고 산복숭아를 한 알 한 알 깨끗이 씻고, 마른 수건으로 닦았다. 마침 집에 있는 적당한 담금병도 찾아내어 설탕을 켜켜이 뿌리고 견출지에 날짜까지 써서 붙이고는 잊어버렸다.

오늘 드디어 산복숭아를 건졌다. 산복숭아는 짙은 갈색청으로 우려져 있었다. 뚜껑을 열자 향기로운 복숭아향이 온 집안에 번졌다. 여름내 뜨거운 햇살과 폭풍과 비바람을 견디며 자란 산복숭아는 육즙을 아낌없이 모두 내어주고 메추리 알만해져 있었다.

뜨거운 산복숭아 차를 마시며 '우주'를 생각했다. 착한 우주아빠도 생각했고, 사진으로만 본 자그마한 우주엄마도 생각했다. 우주가 훌륭한 사람으로 자라길 진심으로 빌었다. 아하, 덕을 쌓는 거란 이런 거구나 생각했다. 나에게 사소한 호의를 베풀어준, 기억할 수 없는 수많은 사람들의 축복도 빌었다.

누군가 사소한 나의 호의를 생각하며 우리 아들이 잘 되길 비는 사람이 있을 거란 생각을 하니, 가슴이 따뜻해졌다.

순간, 득도한 느낌이었다.

제3부

자기 앞의 생을 살다

자기 앞의 생을 살다

십 년 만에 에밀 아자르의 『자기 앞의 생生』을 다시 읽었다. 『자기 앞의 생』은 에밀 아자르의 1975년 콩쿠르 상 수상작이다. 에밀 아자르가 로맹 가리라는 사실은, 1980년 로맹 가리가 권총을 입에 물고 방아쇠를 당겨 자살한 이후, 그가 남긴 유서를 통해 밝혀졌다. 로맹 가리는 첫 소설 『유럽의 교육』으로 1945년 비평가상을 수상했고, 『하늘의 뿌리』로 1956년 콩쿠르 상을 수상했다. 그리고 에밀 아자르라는 가명으로 발표한 『자기 앞의 생』으로 또 한번 콩쿠르 상을 받아, 콩쿠르 상을 두 번 수상한 유일한 작가가 되었다.

『자기 앞의 생』은 열네 살의 모모(모하메드)와 예순여덟 살인 로자 아줌마와의 관계를 그린 작품이다. 로자 아줌마는 양육할 권리가 없는 창녀의 자식을 몰래 키워주는 일을 하며 생계를 이어간다. 유태인인 그녀 역시 창녀였으며 아우슈비츠 수용소에 끌려갔다가 살아온 여인이다. 모모는 로자 아줌마가 돈을 받고 자신을 양육해준 걸 알지만 치매에 걸려 죽을 때까지 그녀를 돌본다. 모모는 그녀를 사랑했고, 사랑 없이는 두려워서 세상을 살아갈 수가 없다고 생각하기 때문이다. 그녀는 7층 건물에 살면서 지하실에 은신처인 '유태인 동굴'을 만들어 두고 그곳에서 죽음을 맞이한다. 그녀가 죽고 삼 주 동안이나 모모는 그녀와 같이 지내다 발견된다. 지독한 사랑에 관한 소설이며, 누구나 자기 앞의 생을 살아갈 수밖에 없는 처절한 생명 있는 것들의 측은함에 관한 소설이며, 사랑 없이 살 수 있냐고 우리에게 질문을 던지는 소설이다.

가끔 25년쯤 된 내 오피스텔이 모모와 로자 아줌마가 살았던, 파리 외곽의 엘리베이터가 없는 7층 건물 같다는 생각이 들곤 한다. 물론 내 오피스텔은 10층이고 엘리베이터가 있다. 로자 아줌마는 육중한 몸으로 7층을 오르내려야 했다. 모모와 로자 아줌마가 사는 거리에는 온갖 인종의 사람들이 모여 살았다. 아랍인 하밀 할아버지(모모도 아랍인이다)와 유태인 로자 아줌마, 흑인도 살고, 5층에는 볼로뉴 숲에서 몸을 파는 여장남자 롤라 아줌마도 살았다. 착한 롤라 아줌마는 모모에게 용돈을 주기도 한다. 너무 늙어 앞이 보이지 않는 하밀 할아버지는 60년 전 한 처녀(아밀라)에게 평생 잊지 않겠다고 한 사랑의 약속을 아직도 지키며 죽음을 기다린다. 노망이 들기 전 모모에게 사람은 사랑할 사람이 없이는 살 수 없다고 말해준다.

내 오래된 오피스텔에도 온갖 직업의 사람들이 모여 있다. 아무리 불특정 시간대라 해도 엘리베이터를 10여 년간 타고 오르내리다보면 사람들의 직업을 저절로 알게 된다. 오후 다섯 시쯤 되면 싸구려 향수와 화장품 냄새를 풍기며 주로 사십대의 여자들이 삼삼오오 엘리베이터를 탔다. 수면 부족과 영양상태가 그리 좋아보이지 않고 술과 담배에 찌든 듯한 얼굴에 짙은 화장을 하고 있다. 옷 또한 지금 유행하고 있는 핫한 디자인이긴 하지만 소재가 좋지 않아 어딘지 싸구려 티가 나는 옷들을 입고 있었다. 그들은 엘리베이터를 타면 양옆의 거울을 미친 듯이 쳐다보며 얼굴을 살폈다. 옆에서 보면 인형 눈 같은 인조 눈썹을 붙이고 파운데이션은 두껍게 발라 떡이 져 뭉쳐 있기 일쑤였다. 차라리 화장을 엷게 하면 훨씬 피부가 좋아보일 텐데, 하고 나는 혼자 생각하곤 했다.

대부분 결혼을 했다가 실패한 여인들이 아이들을 키우기 위해 노래방이나 단란주점에서 '도우미' 일을 하는 여자들이었다. 1시간에 3만 원이니 하루에 잘 만하면 십만 원 이상을 벌 수 있는 것이다. 간혹 2차(성매매)까지 이어지면 훨씬 많은 돈을 벌게 되는 것이다. 식당에서 서빙을 하거나, 설거지를 하거나, 파출부를 하거나, 호텔의 룸

메이드보다 훨씬 쉽게 돈을 벌 수 있기 때문이다. 그들은 엘리베이터 안에서 전혀 거리낌 없이 대화를 주고받았다. 어제 몇 탕 뛰었느냐고 묻기도 하고, 동료 중 누군가가 술을 너무 먹어서 같이 파트너로 일하기 싫다고 하기도 하고, 짠돌이 단골손님 얘기를 하기도 했다. 그러다 전화가 오면 큰소리로 받았다. 아들이었다.

— 아들! 엄마 일 나왔으니까 학원 다녀와서 김치찌개랑 밥 먹고 숙제하고 자.

나는 그런 전화를 받는 여자들을 본 후, 그들을 다시 보기 시작했다. 그들은 저 일을 할 수밖에 없으니까 저 일을 하는 것이다. 저마다 가슴에 사랑하는 아들딸이 있고 그들을 먹여 살리기 위해 나온 것이다. 그런가 하면 칼라를 세우고 흰 면바지를 입고 휴대폰을 세 개쯤 손에 쥐고 옆구리에는 크러치백을 끼고 얼굴은 담배에 절은 듯 검고, 불안한 눈빛은 언제나 핏발이 서 있는 남자들은 모두 도우미를 관리하는 '뚜쟁이'들이었다. 아무도 가르쳐주지 않아도 나는 저절로 알 수 있었다.

사람은 자신이 하는 일이 그대로 얼굴이나 몸에 배는 모양이다. 아무도 말해주지 않아도 엘리베이터를 타면 저 여자는 도우미고, 저 여자는 4층 회계법인에 근무하는 여자고 저 여자는 6층 세무사 사무실에 근무하는 여자(둘은 구별이 쉽지 않지만 내리는 층을 보고 안다)고, 저 130킬로그램은 나갈 것 같은 '무대뽀' 아저씨는 4층 성인용품을 파는 남자라는 걸 알았다. 남자가 1층 게시판에 '성인용품 다량 입수, 초특가 세일 402호'라고 인쇄한 A4용지를 압핀으로 붙이는 걸 우연히 목격했던 것이다. 저 여자는 8층 '헤나염색'을 파는 여자고, 저 여자는 9층 발마사지하는 여자다. 헤나염색하는 여자는 엘리베이터에서 내게 명함을 주었고, 발마사지하는 여자는 오피스텔 현관문마다 명함을 붙일 때 나와 복도에서 마주쳤다.

25년쯤 된 오피스텔에는 모두가 먹고 살기 위해 모여든 여자들이 들랑거린다. 물론 남자도 있다. 그러나 남자들은 대부분 여자 등을 치고 사는 사람들이다. 7층에는 가락시장 상인들이 밤에는 나가 경매하고 낮에는 와서 쉬는 곳도 있다. 그들은 하나같이 점퍼차림에 거친 얼굴과 수면 부족의 눈빛이다. 그들도 모두 가족과 떨어져서 돈을 벌기 위해 와 있는 사람들이었다.

3층에는 파친코 게임방도 있다. 그곳을 들랑거리는 사람들은 하나같이 눈이 벌겋다. 제일 안쓰러운 것은 오십도 훨씬 넘은 듯한 여자가 짙은 화장을 하고 너무 짧은 치마를 입은 것이었다. 그들은 자신들이 얼마나 기이한 화장을 하고 민망한 옷을 입었는지 알지 못하는 것 같았다. 그런 여자를 볼 때마다 '로자 아줌마'가 생각났다. 치매에 걸린 로자 아줌마는 예순여덟에도 그런 옷을 입곤 했던 것이다.

나는 그런 '민망한 옷'을 팔러 다니는 할머니를 안다. 시장갈 때 쓰는 캐리어에 이불보따리만한 보따리를 두 개 싣고 오가는 걸 본 것이다. 할머니는 100살은 되었을 것 같은 주름투성이 얼굴에 체구는 초등학교 3학년같이 작고 말라 있었다. 그러나 눈빛은 보리쌀 소쿠리 쥐 눈처럼 작고 반들거렸다. 얼굴은 늙었지만 눈빛에 욕망이 살아 있었다. 그 눈 위의 푸른 빛이 도는 눈썹 문신은 짐승의 촉수나 더듬이처럼 사람을 살필 때 꿈틀거렸다. 할머니도 사랑하는 누군가를 위해 옷을 팔러 다닐 것이다. 그 할머니를 보는 순간 '하밀 할아버지'가 생각났고, 하밀 할아버지의 연인 '아밀라'가 떠올랐다. 저 할머니의 가슴에도 젊은 날 하밀 할아버지 같은 연인이 있었을 것이다. 그런 생각을 하자 그 할머니가 사랑스럽게 보였다.

24시간 365일 휴무 없이 숙식하며 근무하는 1층 식당 무안낙지집의 연변 아줌마들이 가끔 자신의 아들딸과 통화하는 걸 듣기도 했다. 지하 3층 계단 밑의 작은 삼각형 공간에 기거하는 오피스텔을 청소하는 아줌마도 키가 아주 작았다. 그 삼각형의 방을 볼 때면 로자 아줌마의 '유태인 동굴'이 생각나곤 했다. 지하 3층 기계실엔 한없이 겸손한 아저씨도 있다.

인생은 누구나 홀로 이 우주와 맞서 의연하게, 혹은 당당하게 사랑하는 사람을 가슴에 품고 '자기 앞의 생'을 살아가는 것이다.

이 글을 읽는 당신, 사랑할 사람 없이 살 수 있나요?

젤소미나의 테마곡

어디선가 젤소미나의 테마곡이 흐른다. 젤소미나의 테마곡은 니노 로타가 작곡한 영화 〈길〉La Strada의 주제곡이다. 이 멜로디는 오래도록 내 영혼의 한 귀를 잡고 있다가, 슬그머니 잊을 만하면 다시 되살아나곤 했다. 누군가로 인해 마음을 다치거나 외롭고 쓸쓸할 때, 혹은 살아내는 일이 너무 힘겨울 때 이 멜로디는 나를 위로해주었다. 우리나라의 〈아리랑〉처럼 애절하고 한스럽고, 고통을 견딜 수 있게 하는 매력이 있다. 또한 때 묻지 않은 한 영혼의 외로움이 아프게 느껴지기도 하는 곡이다.

영화 〈길〉은 이탈리아 감독 페데리코 펠리니가 1954년에 만든 작품이다. 단순하면서도 천진무구한 젤소미나(줄리에타 마시니 분)는 바닷가에 사는 가난한 그녀의 어머니로부터 1만 리라에 곡예사 잠파노(안소니 퀸 분)에게 팔려간다. 잠파노는 오토바이로 포장마차를 끌고 이 마을 저 마을로 떠돌아다니는 보잘것없는 '광대'이다. 잠파노는 젤소미나를 조수 겸 아내로 혹사하면서 예사로 딴 여자를 탐하는 폭력적이고 본능적인 남자다.

얼마 후, 그들은 한 서커스단에서 외줄타기 곡예사 '일 마토'(리차드 베스하트 분)를 만난다. 잠파노는 언제나 바른소리를 잘하는 마토가 마음에 들지 않는다. 결국 그와 싸움질을 하게 되어 잠파노는 감옥에 간다. 마토는 젤소미나에게 이 세상의 모든 것은 하나도 쓸모없는 것이 없다는 '신의 뜻'을 가르쳐준다. 젤소미나는 주위의 사람들이 모두 잠파노를 떠나라고 하지만 그의 곁에 남는 게 신의 뜻이라 생각하고 잠파노가 출감할 때까지 기다린다.

그 뒤 우연히 길에서 마토를 만난 잠파노는 홧김에 그를 죽이고 만다. 그 사건으로 젤소미나는 정신에 병이 든다. 잠파노는 병든 그녀를 버리고 떠난다. 몇 년 후, 늙은 잠파노가 여전히 쇠사슬 끊는 묘기를 부리며 곡예단을 따라다니다 어느 해변에서 젤소미나가 이미 죽었음을 알게 된다. 잠파노는 바닷가에서 무릎을 꿇고 길고 긴 울음을 토해낸다.

스토리는 비교적 단순하다. 그러나 나는 이 영화를 '성聖과 속俗'을 그린 영화로 본다. '성'은 아름다운 영혼을 지닌 인간을 말하며, '속'은 본능적으로 생각하고 말하고 행동하는 인간을 말한다. 이 작품에서 젤소미나는 '성'의 영역에, 짐승 같은 잠파노는 말할 것도 없이 '속'의 영역에 속한다. 줄리에타 마시니의 백치 연기와 짐승남의 끝판을 보여준 안소니 퀸의 열연은 우리들 기억 속에 화인처럼 뜨겁게 각인되어 남아 있다.

이 영화에 나오는 인물들 중에서 가장 내 마음을 아프게 하는 사람은 외줄타기를 하고 음악을 작곡하는 곡예사 겸 광대 '일 마토'이다. 그는 성과 속을 넘나드는 예술가의 상징이다. 세상을 항상 시니컬하게 보는 그는 언제나 죽음을 예견한다. 삶의 비애를 이미 알아차린 예술가다. 예술가에게 사명이 있다면 사람들에게 존재의 의미를 일깨워주는 일이다. 일 마토는 젤소미나에게 그걸 알게 해주었다.

— 개가 사람을 쳐다봤을 때 말을 걸고 싶은 표정, 하지만 말을 못하니까 짖기만 하지.

마토는 잠파노를 영혼이 없는 짐승으로 보며 놀려댔다. 예술가는 언제나 그런 반문화적인 속물의 세계에 조소를 보내는 사람들이지 않은가. 그는 예술가의 속성을 그대로 지니고 있었다. 그는 젤소미나의 맑은 영혼을 발견하고 그녀를 연민하며, '신의 비밀'을 가르쳐 주었다. 이 세상에서 아무런 쓸모가 없다고 생각하던 젤소미나는 자신이 짐승 같은 잠파노에게 필요한 존재임을 깨닫게 된다.

그녀는 길에서 만난 수녀에게 '당신은 당신의 낭군을 따라 떠돌고, 나는 내 낭군인 하느님을 따라 떠돈다'는 말을 들으며 사랑과 인생에 조금씩 눈을 떠간다. 그녀는 이젠 집으로 돌아가지 않고 잠파노와 결혼해서 사는 게 자신의 삶임을 어렴풋이 깨닫는다. 그녀는 마토에게서 배운 멜로디를 나팔로 불며 외롭고 신산스런 삶을 달랜다. 예술이 없다면 인간의 영혼은 쉴 곳이 없음을 보여준다. 그런데 잠파노가 마토를 죽인 것이다.

외줄타기를 할 때 균형을 잡기 위해 들던 마토의 장대가 차 지붕에 매달린 채 역광으로 검게 형체만 보일 때 속에서 뜨거운 기운이 울컥 올라왔다. 삶의 함정과 비애를 이미 알아버린, 성과 속을 넘나들던 예술가는 결국 삶의 복병을 만나 이슬처럼 사라지고 만 것이다.

젤소미나가 아프자 잠파노는 겁에 질린 표정으로 그녀를 바라본다. 그가 바라본 젤소미나는 바로 인간이 지닌 '영혼'이다. 그는 처음으로 인간의 영혼과 맞닥뜨린 것이다. 그러나 잠파노는 그 영혼을 직시하지 못하고 도망을 친다. 그녀를 버리고 떠나면서 그래도 그녀의 머리맡에 조금의 돈과 그녀가 불던 나팔을 두고 간다. 그것이 그의 마지막 양심일 것이다. 그러므로 그도 '짐승'이 아니라 어쩔 수 없는 '가엾은 인간'임을 보여준다.

— 난 아무도 필요 없단 말이야.

만취한 잠파노는 이렇게 소리치며 그를 도와주는 친구마저 쫓아버린 후 바닷가로 가서 울음을 토해낸다. 라스트 신이다. 유일하게 젤소미나에게서만 정신적인 사랑을 느껴본 잠파노는 그녀가 죽고 없음을 알고 비로소 외로움을 느낀다. 외로움이란 인간만이 가지는 영혼의 감정이다. 그녀가 죽음으로 인해 그에게 외로움을, 다시 말해 성聖을 가르친 것이다.

간간이 잠파노가 젤소미나에게 '입 닥쳐!'라고 말하는 장면이 나오거나, 행복해지고 싶어 젤소미나가 잠파노에게 자꾸 말을 걸려고 노력할 때마다 눈물이 났다. 가부장적이고 권위적인 아버지와 한없이 순종과 희생으로 한 삶을 살아낸 어머니 생각이 났기 때문이다.

아버지도 어머니처럼 계모 밑에서 자랐다. 할머니는 아버지를 낳고 산후 후유증으로 돌도 되지 못한 아들을 두고 다른 세상으로 가버렸다. 유별난 계모는 자기 자식만 끼고 아버지를 구박했다. 고등학교를 졸업한 아버지는 어머니와 결혼 후 분가했고 할아버지는 재산을 반 나누어 주고, 아버지를 따라나왔다. 그 후 할아버지는 돌아가실 때까지 홀로 우리 가족과 살았다. 아버지는 자랄 때 계모에게서 받은 상처를 가장 가까운 어머니에게 풀었다고 생각한다. 상처받은 영혼은 가장 사랑하는 사람을 할퀴면서 치유된다. 어머니는 맏아들인 오빠와 종교에 기대어 육십여 년 신산한 삶을 이겨낸 것이다. 팔순이 넘은 그들은 이제 모든 상처가 회복되어 손잡고 성당을 간다.

이 영화 〈길〉도 영혼에 상처가 있는 부부의 이야기이기도 하다. 잠파노가 젤소미나를 버리지 않고 오래도록 같이 살았다면 잠파노는 젤소미나로 인해 상처가 치유되었을 것이고, 젤소미나는 예술(음악)이나 종교에 기대어 이겨냈을 것이라 생각한다.

또한 이 영화는 부부란 완전히 다른 세계에 살고 있음을 보여준다. 서로 '완전한 타인'인 채로, '의사소통 불능'인 채로 살아간다. 그러면서 한 사람이 그의 곁을 영원히 떠났을 때 비로소 그와의 관계가 '사랑'이었음을 깨닫게 된다.

페테리코 펠리니는 이 영화를 만들면서 "이 영화는 나 자신의 일부이다. 나 자신의 깊은 생각과 연결되어 있다"고 했다. 또한 영화를 만들게 된 동기를 "한 남자와 한 여자가 겉으로는 함께 살면서도 내면에는 서로 아득히 멀리 떨어져 살아가고 있다는 생각에서 생겨났다"고 밝혔다.

그러나 사람들은 감독의 의도와 아무런 상관없이 각자의 삶과 상처로 인해 각기 다른 장면에서 감동을 받거나 실소를 머금기도 할 것이다. 페테리코 펠리니와 줄리에타 마시니는 부부였다. 그들의 부부생활이 어떠했는지는 알 수 없다. 그러나 이 영화를 통해 미루어 짐작해보면, 그들 부부도 여느 부부들처럼 '소통불능'인 채로 한 삶을 살아냈을 것 같다.

이 영화는 우리네 인생의 축소판으로 많은 생각을 하게 만든다. 결국 명작名作이란 시간의 검증을 통과해서, 현재도 우리에게 여전히 인생에 질문을 던지게 하는 것을 말하리라.

아, 명작을 쓰고 싶다.

'스토너'에게 기립박수를

아마 신문 서평을 보고 샀을 것이다. 늘 책을 산다. 일주일에 한번씩 나오는 신간 안내와 서평을 꼼꼼히 읽으며 살 책을 메모해서 인터넷으로 주문을 한다. 당장 읽을 시간은 없어도, 읽고 싶은 신간은 사둬야 한다. 그렇지 않으면 나중에 그 책을 구할 수 없게 되기 때문이다.

다른 물건에 대한 욕심은 크게 없는데, 책에 대한 욕심은 과소비에 가깝다. 한 달에 사들인 책을 대부분 다 읽지 못한다. 그래도 사둬야 안심이 된다. 시간이 날 때 천천히 읽기 시작하지만, 사실 새로 산 책들과 낯익히는 시간이 필요하다. 새 옷이나 새 신발을 사도 금방 입고 나가거나 신고 나가지 않는다. 그 물건들과 낯익히는 시간이 필요하다. 일주일이나 열흘쯤 옷장을 열고 혹은 신발장을 열고 한번 입어보거나, 한번 신어보고는 도로 넣어두며 낯을 익힌다. 가방도 마찬가지다. 그렇게 낯을 익힌 후부터는 엄청 아끼며 오래도록 같이 간다.

존 윌리엄스의 『스토너』와 같이 산 책들은 거의 읽었다. 산 책을 다 읽기도 전에 또 새 책을 사기 때문에 딱히 존 윌리엄스의 『스토너』와 같이 산 책인지는 알 수 없지만, 무라카미 하루키와 파울로 코엘료부터 집어들었을 것이다. 하루키와 코엘료 책은 하루에 다 읽을 수도 있지만 나는 그렇게 하지 않는다. 물론 책을 빨리 읽지도 못한다. 묘사한 문장이 내 머릿속에서 완벽하게 그림이 그려질 때까지, 혹은 심리 묘사의 감정이 내게 이입될 때까지 반복해서 읽는 버릇이 있다.

너무 빨리 책장이 넘어간다 싶으면 딴짓을 하면서 잠시 독서를 쉰다. 사실 하루키나 코엘료도 예전처럼 미친듯이 읽히지는 않는다. 읽다가 덮어두고 일주일이 지날 때도 있다. 그러다 존 윌리엄스의 『스토너』가 눈에 들어왔다. 화장실에 가면서 그 책을 들고 들어갔다. 언제 샀던 책인지도 생각이 잘 나지 않았을 뿐 아니라, '스토너'가 무슨 뜻이지?, 인터넷에서 찾아볼까? 하며 책을 집어들었다.

책 뒤표지에 실린 뉴욕타임스의 서평을 보고 '스토너'가 사람 이름인 줄 알았다. 책 디자인도 마음에 든다. 하얀 표지에 4B 연필로 사람 얼굴을 스케치하고 얼굴의 삼 분의 일쯤은 쌓아놓은 책으로 가려져 있었다. 디자인을 전공한 나는 책 디자인도 매우 따지는 편이다. 한참 하드보드지로 만든 양장본이 유행했던 적이 있다. 독자로서는 양장본이 책 읽을 때 무겁고 불편할 거 같지만 오히려 책을 펼치고 독서를 해본 사람이면 양장본의 제본이 훨씬 읽기 편하다는 걸 알 수 있다. 원래 소장용으로 튼튼하게 만드는 것을 양장본이라고 한다. 양장본으로 제본한 책은 잘 펼쳐진다. 그러나 그냥 보통 종이로 제본한 책은 잘 펼쳐지지 않는다. 그게 싫어 책을 무리하게 펼치려다 책이 두 동강 나기도 한다. 그러다 재수 없으면 책이 낱낱이 떨어지기도 한다. 양장본 책은 장정도 예쁘고 책 보기도 편하지만 비용이 많이 드는 단점이 있다.

또한 너무 하얀 종이보다는 연한 미황색의 재생지가 눈을 덜 피곤하게 한다. 나도 책을 열 권 가까이 출간해 보았지만, 내 마음에 완벽하게 드는 책 디자인은 한번도 없었다. 늘 별로 마음에 들지 않는 디자인을 출판사 사장이나 편집장이 강하게 밀었기 때문에 그냥 그대로 갈 수밖에 없었다. 그 후 책에도 운명이 있다는 걸 알게 되었다.

책장을 넘기니 『스토너』를 향한 언론과 문단의 찬사가 두 페이지나 이어졌다. 뒤표지에서 대충 본 것이라 건너뛰었다. '윌리엄 스토너는 1910년, 열아홉의 나이로 미주리 대학에 입학했다'는 첫 문장을 읽기 시작하면서 세 페이지도 넘기기 전에 나는 그 자리에 펵 주저앉듯 얼굴을 가리고 말았다.

컬럼비아에 올 때 그는 시어스&로벅의 우편 카탈로그를 보고 주문한 검은색 브로드클로스 양복을 가져왔다. 어머니가 달걀을 팔아 번 돈으로 사준 옷이었다. 아버지가 입던 낡은 외투, 그가 한 달에 한 번씩 분빌에 있는 감리교회에 갈 때 입던 파란색 서지 바지, 하얀 셔츠 두 장, 갈아입을 작업복 두 벌, 아버지가 가을에 밀을 수확해서 갚기로 하고 이웃에서 빌려온 현금 25달러를 가져왔다. 아침 일찍 아버지와 어머니가 농사를 지을 때 쓰는, 노새가 끄는 짐마차로 그를 분빌까지 데려다주었고, 그는 거기서부터 도보로 학교를 향해 출발했다.

어머니가 달걀을 팔아 번 돈으로 사준 옷이었다,라는 문장부터 울컥 눈앞이 붉어지다가 끝내 얼굴을 가리고 말았다. 이 소설은 1965년 미국에서 출간되어 50년간 묻혀 있다가 2006년 '뉴욕 리뷰 오브 북스' 판으로 재출간되면서 전 세계를 매료시켰다. 1994년 작가 존 윌리엄스가 작고하고도 한참 후의 일이다.

나는 아스팔트 키드다. 도시에서 태어나 도시에서 자랐다. 아니지

다섯 살까지는 과수원을 하는 시골에서 자라긴 했다. 그러나 농촌에 대한 기억은 하나도 없다. 그렇긴 해도 농경사회를 이해할 수 있다. 베이비붐 세대(1955년부터 1963년 사이 출생)는 농경사회와 산업화 사회와 정보화사회를 다 거치며 살아가고 있다. 아마 전 세계적으로 이런 세대는 드물 것이다. 『스토너』를 읽고 위의 문단에 눈물 흘릴 수 있는 마지막 세대일지도 모르겠다.

아주 천천히 읽었고, 행여 빨리 다 읽어버릴까봐 반쯤 읽은 책을 멀찍이 밀어두기도 했다. 그러나 상담일을 끝내고나면 어느 새 또 『스토너』를 읽고 있었다. 이렇게 미친 듯이 나를 빨아들이는 책은 고등학교 때 읽은 헤르만 헤세의 『데미안』 이후 처음인 것 같다.

책을 아껴가며 읽기 위해 책을 덮고 길 건너 공원을 한 바퀴 산책을 하고 오곤 했다. 하루 종일 아무것도 먹지 않아도 배가 고프지 않았다. 커피와 물만 먹었다. 머리가 투명해지고, 정신이 명징해졌다. 가슴이 충만해져 참으로 오랜만에 '책읽기의 즐거움'을 맛보았다.

언제부턴가 책을 동시다발적으로 읽었다. 옛날에는 책 하나를 몇 날 며칠이고 끝까지 봤는데, 요즘은 여러 권의 책을 동시에 읽는다. 이 책을 읽다가, 저 책을 읽는다. 어느 날 쌓여져 있는 책을 보니 책 갈피에 클립이 끼워져 있는 책이 일곱여덟 권이나 되었다. 독서력이 그만큼 산만하고 집중력이 떨어졌다는 말이겠다. 아니면 스폰지가 물을 빨아들이듯, 문자를 빨아들이던 영혼이 조금 더럽혀졌는지도 모를 일이다. 아니면, '약간' 더럽혀져 있는 영혼을 매료시킬 만한 책이 없었는지도 모른다. 그러나 『스토너』를 집어든 순간부터 나는 『스토너』만 읽었다.

농부의 아들 윌리엄 스토너는 열아홉 살 때 농업을 공부하려고 미주리 대학에 입학하지만, 셰익스피어를 만나 영문학자가 되어 교수가 된다. 어쩌다 악처를 만나게 되어 가정의 따스함을 느낄 수 없게 되고, 직장에선 자신의 신념과 윤리관을 굽히지 않아 동료 교수들로부터 왕따를 당한다. 그는 그 무엇과도(사랑조차) 타협하지 않고 슬픔과 외로움을 견디며 자신만의 길을 걷다 암으로 죽는다.

『스토너』를 읽는 내내 가슴이 저릿했던 것은 바로 내 모습을 보고 있는 것 같아서였다. 올해로 등단한 지 30년이 된다. 수많은 나날이 오고 갔지만, 돌아보면 '하루'처럼 산 느낌이다. 그동안 삶의 파도가 열두 번도 더 나를 허공에 말아올렸다가 사정없이 내동댕이치곤 했다. 이사는 열세 번쯤 다녔고, 식빵 살 돈이 없었던 적도 있었다. 삶이 나를 망망대해로 저만치 떠밀어내도, 어느 순간 나는 책상 앞에 앉아 있었다. '스토너'처럼 아무도 알아주지 않고, 아무도 자랑스러워하지 않아도, 그냥 글 쓰는 게 내 '길'이니까 그 길을 가는 것이다.

돈도 안 되고 훌륭한 작품을 쓰지도 못한다면 일찌감치 때려치우고 저잣거리에 나가 돈을 벌어야 마땅했다. 그러나 나는 그러질 못했다. 그럴 용기도 자신도 없었으므로 '스토너'처럼 고개를 수긋이 숙이고 온갖 비난과 왕따를 견디며 앞만 보고 걸어가고 있었다.

'스토너'는 무엇을 두려워했을까? 그는 곤궁한 생활에 대한 '조용한 슬픔'을 뼛속까지 아는 사람이었다. 그는 셰익스피어를 만나 교수가 되지 않았으면 농부가 될 사람이었다. 그는 어렸을 때 겪은 절망적인 가난을 잊지 않고 있었다. 가난은 인간(그의 부모가 그러했듯)을 노동의 노예로 만든다는 사실을 알고 있었다. '처형장에 끌려가듯 남에게 빵을 구걸하러가는 사람들의 공허한 눈빛'을 알고 있었고, 보잘것없는 종신교수인 그를 '부러움과 증오'로 바라본다는 것도 알고 있었다. 결국 그는 자신이 좋아하는 일로 '밥벌이'를 하며 살아가는 일이 '파괴'되는 걸 두려워했던 것이다.

그 또한 일생을 '하루'처럼 살아냈다. 죽는 순간 그는 자신이 삶에 아무런 '기대'도 하지 않았음을 깨닫는다. 자신이 저술한 책이 아무런 가치도 없이 망각 속으로 묻힌다 하더라도, 그의 작은 일부가 그 안에 있으며, 앞으로도 있을 것이라는 사실을 알고 있었다. 그래서 그는 죽음을 맞이하는 순간 세속적인 회한이 없다. 그의 영혼은 깨끗한 채로 이 세상을 떠났다.

존 윌리엄스는 한 남자의 일생을 숨 막힐 듯이 아름다운 문장으로 촘촘하게 그려냈다. 마치 바늘 하나로 거대한 호수를 파듯이 말이다. (터키 작가 오르한 파묵이 '소설가란 바늘 하나로 호수를 만드는 사람'이라고 말한 적이 있다.) 얼핏 평범한 한 남자의 초상화에 불과하다. 그러나 그는 누구보다 자신의 삶을 사랑했고, 자신의 학문에 있어서는 언제나 파랗게 불타고 있었고, 그걸 학생들에게 전달하려 노력했다. 어떤 고난이 닥쳐도 자신의 길을 벗어나지 않은, 한 생명체의 삶은 우리 모두를 숙연하게 만든다. 이 책의 위대함은 거기에 있다.

그에겐 어떤 순간에도 그의 편을 들어주는 한 명의 친구가 있었고, 영원히 그를 기억하는 한 명의 연인이 있었으니, 그만한 삶이면 모두의 기립박수를 오래도록 받아도 될 것 같다. '스토너'에게 기립박수를 보낸다.

'차타레 부인의 사랑'을 보고

D.H 로렌스가 42살에 쓴 소설이다. 1928년 당시 영국에선 외설 판정으로 판매금지를 당했다가 1960년에 비로소 출판을 할 수 있었다. D.H 로렌스는 이 작품을 완성한 2년 뒤인 1930년에 44세의 나이로 타계했다.

사실 나는『차타레 부인의 사랑』을 이십대 때 영화로 봤다. 1981년 쥬스트 쟈킨 감독이 미국에서 제작했다. 실비아 크리스텔의 크리스탈 같은 푸른 눈. 전 세계 남성들의 가슴에 에메랄드빛 크리스탈 하나를 심어놓은 그녀. 2012년 60세의 나이로 암으로 세상을 떠났다.

얼마 전 우연히 이 영화를 다시 보게 되었다.

대부호 클리포드(샤인 브라이트 분) 경은 코니(실비아 크리스텔

분)와 결혼하지만 이내 전쟁에 참전해서 하반신 불구가 되어 돌아온다. 젊은 코니는 숲 속에 사는 사냥터지기인 멜로스(니콜라스 클레이 분)와 사랑에 빠진다. '사랑'에 빠진다는 표현보다 '불륜'을 저지른다고 해야 더 적확할 거 같다. 왜냐하면 그녀는 사냥터지기의 이름 '올리브 멜로스'조차 모른 채, 몸부터 사랑했기 때문이다. 물론 육체적인 사랑에서 시작하여 정신적인 사랑으로 가기도 한다. 사랑의 형태는 사람의 얼굴만큼이나 다양한 법이니까.

클리포드는 코니에게 정부情夫를 두라고 말한 적이 있지만, 멜로스가 귀족이 아니란 점을 들어 그녀를 언니에게 보낸 후 멜로스를 해고한다. 임신한 걸 안 코니는 다시 돌아와 멜로스를 찾아 함께 떠나는 게 영화의 끝이다.

아마 이 소설이 영문학사에 한 획을 그었다면, 다분히 여자의 성적 욕망을 적나라하게 묘사했기 때문이다. 만약 상식과 통념을 뛰어넘지 못했다면 이 소설은 그저 그런 통속소설에 불과했을 것이다. 그러나 D.H 로렌스는 상식과 통념을 벗어나 여성의 진정한 성적 본능에 대한 애욕愛慾을 그려냈던 것이다. 코니는 멜로스와 사랑을 나눈 후, 남자와의 잠자리가 뭔지 알게 되었다고 말한다. 이십대 때는 나 역시 저 대사가 무엇인지 알지 못했다.

신분을 뛰어넘는 사랑이라든지, 산업화가 진행되는 근대사회의

한 단면이라는 '통속적 비평' 따위를 할 마음은 없다. 이십대 때 전혀 몰랐던 성과 사랑에 대해 말하고 싶을 뿐이다.

이십대 때 봤을 때는 코니가 멜로스에게 달려가는 게 이해되지 않았다. 지금은 코니가 멜로스에게 달려가는 이유를 안다. 몸의 쾌락과 정신의 쾌락 중 어느 것이 힘이 셀까? 사람마다 다르겠지만, 보편적으로 나이에 따라 다를 것이라 생각한다. 저 영화를 삼사십대에 봤더라면 멜로스에게 달려가는 게 당연하게 여겨졌을 것이다. 그러나 아직 성의 성취감이 무엇인지 잘 모르는 이십대와 이미 뜨거운 성의 사막을 지나온 오십대는 멜로스에게 달려가는 코니가 안타깝다. 『차타레 부인의 사랑』을 쓴 D.H 로렌스도 44세에 작고했으니, 그도 뜨거운 성의 사막을 통과해보지 못하고 쓴 작품이다.

코니는 어느 날 클리포드에게 돌아갈 것이다. 물론 클리포드가 그때도 받아준다면 말이다. 10년 후 혹은 20년 후, 사랑이 끝나버린 후, 다시 말해 몸이 식은 후, 사냥터지기에서 산업사회의 노동자가 된 멜로스(영화에서는 과수원을 하며 살아갈 것으로 끝이 난다)는 코니에 대한 권태와 무료함을 견디지 못해 술을 마시며 밖으로 나돌 것이다.

귀족 부인이었던 코니의 고상한 취향과 노동자인 멜로스의 삶과 사고는 다를 수밖에 없다. 그녀는 아침에 일어나 모닝커피를 마시고, 하인이 차려준 식사를 하며, 운동으로 승마를 하고, 피아노를 치고, 독서를 하며, 사람들과 파티를 열어 '토킹 어바웃'을 즐기며, 레이스가 달린 하얀 브라우스와 모직 가디건과 우아한 모자와 망토를 걸치고 산책을 하는 여자였다.

이 영화에서 궁금한 것은 그렇게 섹스를 잘하는데 멜로스의 아내는 왜 달아났을까? 그러니까 인간은 빵만으로 살 수도 없고, 자유만으로 살 수도 없고, 섹스만으로 살 수도 없는 것이다. 평생 후회할 일은 하지 않겠다며 코니는 멜로스를 선택한다. 어쩜 차타레 부인 코니는 '노동'으로 살아야 하는 삶에 지쳐 그날의 선택을 평생 후회할지도 모른다. 존 윌리엄스의 소설『스토너』에 이런 구절이 나온다.

좋은 사람들이 번듯한 생활에 대한 꿈이 깨지면서 함께 망가져서 서서히 절망을 향해 스러져가는 것이 보였다. 그들은 스스로 처형장을 향해 가는 사람처럼 고통스러운 자존심을 품고 남의 집 뒷문으로 다가와 빵을 구걸했다. 그것을 먹으면 다시 구걸에 나설 기운을 얻을 수 있는 터이니.

일용할 양식이 있다는 건 신의 축복이다.

파울로 코엘료의『불륜』에는 이런 구절이 나온다. "이상을 향해 가지 않으면 더 큰 대가를 지불한다. 내 삶을 허비했다는 것." 이상(사랑)을 향해 갔을 때 삶이 망가지고, 모든 걸 잃는 것보다, 더 큰 대가는 자신의 삶을 허비했다고 후회하는 거라는 말은, 다시 말해 내 삶을 지키는 게 훨씬 힘들고 어렵다는 말이다.

차타레 부인 코니도 사냥터지기 올리브 멜리스와의 사랑을 따라가지 않았으면 우리들의 기억에 더욱 아프게 남아 있었을 것이다. 『메디슨 카운티의 다리』의 불륜이 그나마 우리들 뇌리에 남아 있는 건 '프란체스카'가 '킨 케이드'를 따라가지 않고 자신의 삶을 지킨 '고통' 때문이 아닐까.

운명적인 사랑을 만났을 때 당신은 어떤 선택을 할 것입니까? 라고 물으면 대부분 이렇게 답할 것 같다. 선택은 그때 가서 생각할 테니 제발 운명적인 사랑을 만나게만 해달라고.

『데미지』와 『메디슨 카운티의 다리』는 책을 먼저 보고 영화를 봤다. 그런데 책은 기억에 남아 있지 않고 책 속의 남녀 주인공들을 연기한 배우들만이 강렬하게 남아 있다. 〈데미지〉의 제레미 아이언스(아, 얼마나 매력적인지)와 줄리엣 비노쉬. 〈메디슨 카운티의 다리〉의 클린트 이스트우드와 메릴 스트립. 역시 영화는 종합예술인가보다. 아마 책보다 영화를 더 잘 만들었을 경우에만 그럴 것이다. 아니면 그 주인공을 맡은 배우의 연기가 뛰어났을 때, 책 속의 주인공의 이미지는 곧바로 그 배우가 연기한 이미지로 옮겨가 뇌리에 박히게 된다.

사실 『메디슨 카운티의 다리』는 영화보다 책이 좋았다. 메릴 스트립은 괜찮았는데, '킨 케이드' 역으로 나온 클린트 이스트우드는 책 속의 '킨 케이드'보다 매력적이지 않았다. 매력적이란 건, 지적인 분위기와 성적인 분위기가 잘 조화를 이룰 때 느껴지는 것이다. 너무 지적이기만 하면 지루하고, 너무 성적이기만 하면 천박하지 않은가 말이다. 〈메디슨 카운티의 다리〉에서 클린트 이스트우드는 지적이긴 했으나, 성적인 매력은 떨어졌다. 그는 이 영화의 감독만 했어야 했다.

〈차타레 부인의 사랑〉에서 귀족으로 분한 '샤인 브라이트'는 금방 깨어져버릴 것 같은 유리처럼 너무 지적이기만 했고, 사냥터지기로 분한 '니콜라스 클레이'는 너무 성적이기만 했다. 어쩜 감독은 배우를 그렇게 잘 캐스팅 했을까.

만약 나에게 귀족과 사냥터지기 중 선택하라고 한다면, 사냥터지기와 한 십 년 살다가 귀족에게 돌아갈 것이다. 육체의 사랑은 언젠가는 끝나게 마련이다. 그러나 문화와 예술을 포함한 지적 놀이의 취향이 같은 사람은 질리지 않는다. 그러니까 내 취향은 귀족과 더 가까운 편이다. 그래서 한 십 년 사냥터지기와 살다가 귀족과 노후를 보내고 싶다. 물론 가능하다면 말이다. 낮에는 귀족과 생활하고,

밤에는 사냥터지기와 생활하고 싶다,고 말하면 나를 죽이려들 것이다. 나를 죽이려 하지 마라. '가능하다면'이라고 전제를 붙이지 않았는가.

운명적 사랑(불륜)을 선택했을 때 삶은 망가지고, 사랑을 외면했을 때는 자신의 삶을 허비했다고 후회하게 된다고, 파울로 코엘료가 말했다. 이 글을 읽는 당신이 진정으로 선택해야 할 것은 바로 이거 아닐까요?

노인을 위한 나라는 없다

〈노인을 위한 나라는 없다〉는 조엘 코엔, 에단 코엔 감독의 미국 영화(2007년)다. 코맥 매카시의 동명소설(2005년)이 원작이다. 그는 윌리엄 포크너, 허먼 멜빌, 어니스트 헤밍웨이와 비견되는 미국의 소설가다. 원작의 비관적이고 염세적인 냄새가 영화에서도 그대로 맡아진다. 코엔 형제의 영화는 언제나 피가 낭자하고, 인간이 가진 측은지심이란 존재하지 않는다.

'세상이 점점 나빠지고 있다'는 원작의 주제를 더욱 폭력적으로, 시각적으로 심화시켜 보여주는 작품이다. 줄거리는 간단하다. 텍사스의 어느 용접공이 우연히 마약상들의 총격전 후의 현장을 발견하고, 어부지리로 200만 달러를 가지고 튄다. 그는 베트남 참전용사였다. 그를 쫓는 사악한 살인마와 그 살인마를 쫓는 늙은 보안관의 이야기이다. 늙은 보안관 에드 톰 벨(토미 리 존스 분)은 이유 없이 사람을 죽이는 살인마를 이해할 수 없다.

은퇴를 앞둔 벨은 '옛날에 나이를 먹으면 하느님이 보살펴주시어 점점 더 살기 좋은 나라로 변하겠지'라고 생각했다. 그러나 헛된 희망이었음을 안다. 세상은 결코 좋아지지 않는다. 코엔 형제 감독의 모든 영화의 메시지는 마치 '신神은 없다'라고 말하는 것 같다. 살인마는 자신이 돈을 쫓아가는 길 위에서 만나는 사람을 '그냥' 다 죽인다. 벨은 은퇴하고 살인마는 유유히 사라진다.

〈노인을 위한 나라는 없다〉를 2017년 대한민국으로 가져오면 '지공파를 위한 나라는 없다'가 될 것이다. 지공파는 '지하철 공짜파'의 준말이다. 우리나라는 만 65세 이상이 되면 지하철을 공짜로 탈 수 있다. 일반적으로 그들을 '노인'이라 칭한다. 그때부터 저소득층에겐 소액이긴 하지만 기초연금도 나오고, 치매노인에겐 간병인도 나온다. 얼마 전 친구 아버지가 암으로 돌아가셨는데, 모든 의료비의 5프로만 계산을 했다고 들었다. 아직 닥쳐보지는 않았지만, 좋은 나라인 것 같다.

그런데 아직 '지공파'가 되기 전의 베이비부머 세대(1955~1963년생)들이 보리흉년 고개를 넘고 있는 셈이다. 현재 만 54세와 62세 사이가 되겠다. 아직 현역에 있는 사람도 있겠지만 대부분 퇴직을 한 나이다. '지공파'가 되면 그나마 괜찮다. 평생 국민연금을 부은 사람은 연금을 받을 수도 있다. 그러나 '지공파'가 되기 전까지 길게는 10년 짧게는 5년 가까이 백수로 지내야 한다. 무엇인가를 도모하기에는 두려운 나이다. 새로운 일을 시작했다가 실패하는 걸 우리는 얼마나 많이 목도하는가.

나도 베이비부머 세대에 속한다. 그나마 '역학연구원'을 해서 먹고 살고 있다. 어느 봄바람이 자심한 날, 문득 내 또래 글쟁이들이 모두 살아 있는지 궁금했다. 구효서, 박상우, 심상대, 신경숙, 은희경, 유정룡, 엄창석, 최용운…. 한참 아래이긴 하지만 김별아. 그리고 인사동 어느 술집에서 옆자리에 앉았던 윤대녕. 그는 어찌나 고독해 보이든지 오롯이 홀로 '작가' 같았다.

누군가 작가들을 접시 위의 모래라고 했다. 왜 그렇게 말했는지 세월이 지나보니 알 것 같다. 심지어 친하게 지낸 작가 중에는 자신이 '스타작가'로 이름을 좀 날리자, 어느 시상식장에서 공지영이 나를 가리키며 누구냐고 묻자 모른다고 했다고 한다. 내가 무슨 예수도 아니건만. 내가 너무 시시했나? 나를 안다고 하면 자신의 명성에 구정물이라도 튈 것 같았던 모양이다. 그 말을 십 년 후에 지인으로부터 들었다. 그녀는 태양열에 밀랍이 녹듯 지금은 불미스러운 일로 추락하여 칩거 중이다.

다들 살아 있다면 어떻게 연명하고 살아왔는지도 궁금했다. 가끔 지면으로 책을 내는 사람을 보면, 아, 이 사람 아직 살아있구나, 생각한다. 문단에 이름 석 자를 올린 지도 삼십 년이 되었다. 그러나 문우는 한 명도 없다. 일 년에 한두 번 동인을 만나는 게 다다. 한동안 몰려 다녔지만 지금은 아무도 만나지 않고 산다. 그렇다고 그들을 한 번도 잊은 적도 없다. 물론 글을 잊은 적은 더욱 없다. 언제나 '문학적 상황' 속에서 살아왔다.

명리학 공부를 할 때 잠시 한눈을 판 것 이외엔 한눈을 판 적도 없다. 이 땅에선 '글쟁이'로 먹고 살 수 없다. 먹고 사는 사람은 1% 미만이다. 일본처럼 인구가 일억 명 이상만 되면 전업작가도 먹고 살 만하다. 내가 통일을 원하는 단 한 가지 이유가 있다면 인구 일억 명이 되었으면 좋겠다는 바람 때문이다. 그렇다고 먹고 살 수 있을지는 모르겠다. 우리나라 사람들은 책을 보지 않는다. 그 근원적인 이유를 따지자면 교육부터 문제가 있다. 입시제도의 문제이다. 입시제도가 바뀌지 않는 이상 책을 볼 시간이 없다. 청소년기에 책을 보지 않는 사람은 영원히 책과 거리가 멀다.

책을 보지 않는다고 인생이 어떻게 되지는 않는다. 그러나 내면의 우아함이 없는 사람은 아무리 명품으로 외면을 치장해도 천박함이 묻어나게 마련이다. 자신의 삶의 절대적 가치관을 가져야 열등감에서 해방된다. 자신의 삶의 목표와 즐거움의 기준이 있어야 한다는 말이다. 그 힘을 길러주는 게 독서다. (좋은 작품을 내놓지 못하는 작가로서 할 말은 아니다마는.)

미국의 아이비리그에 다니는 학생들의 설문조사를 본 적이 있다. 가장 잘하고 싶은 게 '에세이'를 잘 쓰고 싶은 게 1위였다. 글을 잘 쓰려면 먼저 읽어야 한다. 먹은 게 있어야 나올 거 아닌가. 글을 잘 쓰는 사람(인문학적 지식이 있는)은 '리더'가 될 수 있다. 인문학적 지식이 있는 사람이란 생명을 가진 것에 대한 측은지심과 자신을 성찰하고 옳고 그름을 판단할 수 있는 눈을 가진 사람을 말한다. 독서는 이 모든 걸 길러준다.

유독 우리나라에서 베스트셀러가 되는 자기계발서는 갈증난 영혼에 스프레이로 뿌려진 물방울이라도 마셔보겠다는 젊은이들의 몸부림의 방증이다. 그러나 그 물방울이 금세 말라버리는 건 당연하다. 뿌리에서부터 물을 빨아들여야지만 영혼의 갈증은 해소되는 것이다, 그런 책 사서 볼 돈과 시간이 있다면 시간의 검증을 거친 고전명작을 읽기를 권한다.

아무튼, 그렇다고 해서 나는 한번도 남의 탓을 하거나, 나이 탓을 해본 적도 없다. 언제나 무엇인가를 하고 있었고, 끊임없이 배우고 있었고, 미약하게나마 남을 도우려고 노력하며 살고 있었다.

어느 순간 '초보노인'의 문앞에 서 있게 되었지만, 나쁘지 않다. 오히려 한 가지 욕망을 접고 나니 홀가분하니 좋다. 그 전까지는 늘 남몰래 로맨스를 꿈꾸고는 했다는 걸 고백한다. 인간이 가진 3대 욕망은 성욕과 식욕과 '어바웃 토킹'이라 생각한다. 그 중 성욕을 접고 나니 만날 수 있는 '인간'이 훨씬 넓어진 셈이다. 맛있는 음식을 먹으며 어바웃 토킹을 할 수 있는 사람이면 다 친구가 될 수 있다. 물론 '코드'가 안 맞는 사람과는 당연히 토킹이 안 되겠지만. '노인을 위한 나라는 없다'는 걸 애당초 나는 알고 있었다는 듯, 스스로 나라를 만들어 가고 있다. 또한 노인이란 고독과 친구할 수 있어야 한다.

그러나 가끔 불평불만이 가득한 친구도 있다. 평생 뼈 빠지게 일했는데, 만 65세가 돼야 쥐꼬리만한 연금이 나온다고, 젊은 것들보다 사실 세금을 더 많이 낸다고, 젊은애들이 늙은이를 부양하는 게 아니라, 사실은 늙은이들이 내는 재산세가 젊은 것들의 근로소득세보다 많으니 오히려 젊은 것들이 덕을 본다고, 베이비부머 세대는 요새 애들만큼 관심과 혜택을 받지 못했다고 강변한다. 나라에서 공짜로 받은 거라고는 초등학교 의무교육과 미국 원조로 얻어먹은 밀가루 빵이 전부라고도 했다. 물론 술집 '담론(?)'이다.

지난 대선 때 정치인들이 하나같이 '포퓰리즘'을 내세웠다. 그럴 때마다 나는 불안했다. 섣불리 선진국을 흉내내다간 국가 부도가 난 그리스 꼴이 될까 겁이 났다. 베이비부머 세대는 대한민국의 고성장 시대의 단물을 맛보기도 했다. 그러나 이제 우리나라는 저성장시대로 접어들었다. 그렇다면 이제 유럽처럼 물건을 아끼고 절약하면서 생활해야 한다. 소비가 대세인 시대는 지나갔다. 석복수행惜福修行, 복을 아끼고 검소하게 생활해야 한다. 청년실업이 정부 발표 54만 명이고, 실제 실업자 수는 148만 명이란다. 우리 때는 대학만 나오면 취업 걱정은 없었지 않았는가. 떼돈을 벌 기회도 널려 있었다.

내 오피스텔 건물 앞 주차장에는 두 명의 아저씨가 맞교대로 24시간 근무를 한다. 한 분은 키가 크고 한 분은 키가 작다. 키가 작은 분이 내게 상담하러오는 사람들이 차를 주차할 때마다 친절하게 대해, 내가 돈을 좀 주려고 하자 완강하게 거절했다. "그럼 사주라도 봐드릴까요?" 했더니, 아들 사주를 좀 봐달라고 했다. 난 아저씨 사주도 같이 봐드리겠다며, 두 사람의 생년월일시를 적어왔다.

아들은 올해만 지나면 괜찮다고 말해주었다. 그런데 1946년생인 아저씨의 사주가 참으로 좋았다. 전화로 사주가 너무 좋으시네요라고 말했더니 자신은 수학 선생이었고, 연금도 340만 원이나 받는다고 했다. 관운도 좋으십니다, 했더니 장학사까지 했다고 한다. 나는 '아저씨'라고 호칭하다 '선생님'으로 바꿔 불렀다. 80세까지 운이 있으니 그때까지는 건강하게 일하시겠다고 말해주었다.

영화 〈인턴〉의 로버트 드니로도 멋있고, 나영석 PD의 예능프로 〈윤식당〉의 신구도 멋있고, 내 오피스텔 '주차요원' 장학사 출신 선생도 멋있다. 그들은 스스로 노인을 위한 나라를 만들어가는 사람들이다.

그리스 로마 시대 때도 원로원 노인들은 현실을 비관하며 '난세이며, 말세'라고 했다. 우리는 22년 전 전두환, 노태우 두 전직 대통령이 감옥으로 가는 걸 보았다. 그때 이제는 '구시대의 청산'이고 '난세'의 끝인 줄 알았다. 그러나 2017년 우리는 또 대통령이 감옥으로 가는 걸 목도했다. 난세는 끝나지 않는 걸까. 말세는 영원히 진행형인가. 세상은 점점 나빠지고 있단 말인가.

꽃샘추위가 기승부리다가 봄비에 살짝 자리를 비켜 주고난 뒤 하늘이 맑다. 집 앞 목련나무의 수천 꽃잎이 하마 '소멸'을 준비하고 있다. 문득 내 또래 '글쟁이'들의 안부가 궁금하다. 부디 오래오래 건필하길 빈다.

어느 시대든 '노인을 위한 나라'는 없다.

김훈은 내 영혼의 인질범

김훈의 산문집 『라면을 끓이며』를 읽으며 웃다가 울컥했다. 김훈은 배고픈 시절의 라면 맛을 떠올리게 했고, 안 먹던 라면을 먹게 했다. 라면을 한 끼의 일용한 양식으로 생각해본 적이 거의 없었지만, 김훈이 일러준 레시피대로 그날 저녁은 라면을 끓여 먹었다. 자세한 조리법을 다 적을 수는 없고, 대충 물은 넉넉하게 붓고 분말 스프는 삼 분의 이만 넣고 대파를 많이 넣고 센 불에 삼 분. 마지막에 계란을 넣고 삼십 초 후에 먹으면 된다.

이렇게 엄숙하고 진중하게 라면 조리법에 대해 적을 수 있다니. 웃다가 눈물이 났다. 제일 웃기는 건 '수영장에 물이 많아야 수영을 잘할 수 있는 것처럼 라면 물을 넉넉하게 부어야' 한다는 대목에서 한참을 웃었다.

그를 처음 만난 건『칼의 노래』였다. 얼굴을 직접 본 건 지인의 결혼식장인 어느 성당에서였다. 물론 서로 모르므로(아니지 나는 알고 그는 나를 모르므로) 먼발치서 쓰윽 일별만 한 사이였다. 혼례미사가 길어지자 그는 몇몇 사람들과 먼저 성당을 빠져나가며 분명 나와 눈이 마주쳤다. 나는 아는 얼굴이므로 가볍게 목례를 했다. 그는 나를 모르므로 무심한 눈빛으로 지나쳤다. 그래도 그 한순간 눈이 마주쳤을 때의 그 눈빛을 나는 오래도록 아껴가며 기억했다. 그의 얼굴은 자코메티의 조각처럼 진기 없이 말라 있었다. 그러나 그 형형한 눈빛만은 살아 있었다. 모든 에너지 혹은 욕망은 오로지 그 눈빛에만 모여 있는 듯했다.

나는 베스트셀러 소설을 별로 신뢰하지 않는 편이다. 그래도 웬지『칼의 노래』는 사봐야 할 것 같아 잠실 교보문고에 직접 가서 샀다. 두 권짜리였다. 저녁을 먹고 9시쯤부터 별 결의나 다짐 없이『칼의 노래』를 펼쳐든 나는 그날 밤을 꼴딱 샜다. 급기야 새벽에는 책상과 장롱 사이에 끼여 앉아 오열했다. 얼마만에 책을 읽고 오열까지 한 것인가. 이순신 장군 때문에 운 게 아니라 김훈의 문장 때문이라고 해야 하리라. 이순신 장군의 내면을 처절하게 묘사한 그 문장 말이다. 나는 완전히 그 책의 저자에게 인질이 되고 말았다. 말하자면 김훈은 내 영혼의 인질범인 셈이다.

2004년 작은 오피스텔을 하나 구입해서 작업실 겸 역학연구원을 개원했다. 작은 오피스텔에 입주할 때 사놨던 라면이 십 년 넘게 싱크대 아래 그대로 있었다. 어느 날 후배가 어중간한 시간에 오피스텔에 들러 출출하니 라면을 끓여달라고 했다. 싱크대 아래 있는 라면을 끄집어냈는데 모두 십 년이 넘은 것들이었다. 후배는 기절하며 당장 버리라고 했다. 알았다고 말하고는 아까워 뒀었다. 그 후배에게 시원하고 칼칼한 '굴짬뽕'을 시켜주었다.

다음 날 정말 십 년이 넘은 라면을 끓여 보았다. 절은 닭기름 냄새가 역하게 나서 먹을 수 없었다. 라면은 썩지 않을 것 같은 생각은 어디에서 비롯된 것일까. 완벽한 공산품인 플라스틱의 일종으로 생각한 라면이 비로소 생명체라는 걸 깨닫는 순간이었다. 나는 이미 죽은 라면 다섯 개를 모두 버렸다.

십여 년 동안 오피스텔에서 한번도 라면을 끓여 먹지 않았다는 얘기다. 그러니까 철이 들면서부터, 아니 결혼해서 아들을 키우면서부터 라면은 썩지 않는 플라스틱의 일종으로 생각했는지 모른다. 라면은 무조건 몸에 해롭다는 등식. 그래서인지 아들은 엄마가 없으면 아무리 맛있는 반찬을 준비해두어도 라면을 끓여 먹었다. 너무 못 먹게 한 '라면콤플렉스'라 생각한다.

그런데도 나는 김훈의 『라면을 끓이며』를 읽으며 완전 공감이 되었고, 급기야 울컥하기까지 했다. 나 또한 라면을 노란 양은냄비에 끓여 먹었던 기억이 있다. 초등학교 4학년 때였다. 물론 그 전에 라면이 생산되었지만 내가 직접 끓여 먹기는 초등학교 4학년 때쯤인 것 같다. 그때 우리 집 부엌에는 가스불이 아니고 석유곤로를 사용했다. 늘 석유곤로의 불 조절을 못해 노란 양은냄비를 시커멓게 그을리고는 했다. 라면이 다 익기도 전에 왼손에 들고 있는 냄비 뚜껑에 건져 올려 먹던 그 꼬들꼬들한 라면발을 어떻게 잊을 수 있단 말인가. 생각해보면 나도 어머니가 부재 시엔 얼씨구나 라면을 끓여 먹었다. 조금 더 자라서는 파도 넣고 계란도 넣고 떡국떡도 넣어 먹을 줄 알았다. 언제나 라면이 다 퍼지기도 전에 거의 반은 냄비 뚜껑에 건져 먹고는 했다. 나머지 반은 비로소 익혀서 먹고, 다시 밥을 말아 신 김치와 먹었다. 혼자 먹을 땐 그릇에 담지도 않고 언제나 시커멓게 그을린 노란 양은냄비째 먹었다.

또한 고3 때, 미술대학을 가기 위해 화실에 다닐 때 그 조개탄을 넣은 난로에 끓여먹던 라면을 잊을 수가 없다. 역시 그때도 정물화를 그리기 위해 탁자에 놓여 있던 노란 양은냄비에 끓여 먹었다. 그 시절에는 어쩜 그렇게 늘 춥고 배가 고팠는지. 남학생들은 그 라면을 안주 삼아 소주를 마시기도 했다. 아마 그들은 지금쯤 그때 먹었던 소주 맛이 일생에서 최고였다고 기억할지도 모르겠다.

김훈은 나보다 딱 십 년 먼저 태어났다. 1948년생이라고 당당하게 책 날개에 밝힌 그가 멋있다. 나이를 많이 먹는 게 죄는 아닌데, 출판사에서는 여성작가의 출생년도를 되도록 적지 않으려고 한다. 책을 사보는 삼십대 전후의 독자들이 나이든 작가를 싫어한다는 것이다. 슬픈 일이다. 사람들은 나이를 많이 먹으면 멍청해진다고 여기는데, 내가 보기에 나이가 들수록 사람들은 아는 게 많아지는 것 같다. 치매에 걸리지만 않는다면 말이다. 유한한 생명체라면 누구나 비켜갈 수 없는 나이를 부끄러워해야 하다니. 하기야 돼지(돼지에게 미안!)처럼 나이만 먹는 인간도 많지 않은가. 남이 보기에 나도 돼지처럼 나이만 먹은 늙은 작가일지도 모를 일이다. 정신차려야 한다.

아무튼, 『칼의 노래』 이후 그의 인질이 된 나는 그의 책들이 출판되는 족족 다 사다 읽었다. 꽃들만 가득한 정원에 사자 한 마리가 나타났다,고 누군가 김훈의 등장을 그렇게 표현했다. 공감한다. 그의 단단한 문장들은 숨을 멎게 하는 데가 있다. 잘 벼린 단검은 살갗을 스칠 때 고통이 없다. 그러나 몇 초 후 뜨거운 피가 흘러내릴 때쯤 고통을 느낀다. 그의 문장은 잘 벼린 단검 같아, 누군가를 고통 없이 죽일 수도 있을 것 같다.

소설 『개』를 보면서도 '개'가 이순신 장군처럼 영민하고 멋있어 잠시 눈을 감기도 했다. 물론 그렇게 묘사한 김훈의 문장 때문이겠지만. 나의 졸고『낮술』이라는 소설집이 출간될 때, 출판사 편집장에게 표지의 글씨를 '개'같이 만들어달라고 부탁할 정도였다. 물론『낮술』표지의 글씨가『개』같이 만들어지진 않았다. 그러나 그해 문화관광부가 추천하는 '청소년 우수도서'에 선정되어 기뻤다.

건강검진을 하면 언제나 콜레스테롤에 빨간 글씨가 찍혀 나오고, 두툼한 뱃살이 만져질 때면 괜히 김훈에게 부끄러워졌다. 그의 얼굴과 문장엔 기름기가 없다. 다시 말해 탐욕이 느껴지지 않는다는 말이다. 그는 나에게 부끄러움을 알게 해주었다.

토요일인 오늘도 오후에 상담이 있었다. 상담이 끝난 시간이 오후 5시쯤이었는데, 두어 시간 말을 하다 보니 미친 듯이 배가 고팠다. MSG는 '맛있지'의 이니셜이란다. 배가 몹시 고프거나, 스트레스를 엄청 받았을 때 그 강렬하고 가열찬 화학조미료 MSG가 생각난다. 김훈의 레시피대로 라면을 끓였다. 냄비에서 하얀 백자 그릇으로 옮겨 담아, 50여 년간 우리들의 일용한 양식이었던 라면을 '공손하게' 먹었다. 코를 풀며 먹었다. 나는 인질범을 사랑하는 스톡홀름증후군 환자임이 틀림없다.

내 속에 프리다 칼로가 산다

— 나는 아픈 것이 아니라 부서진 것이다. 하지만 내가 그림을 그릴 수 있는 한 살아 있음이 행복하다. (프리다 칼로)

프리다 칼로Frida Khalo는 멕시코의 여성화가다. 1907년 독일인 아버지와 스페인 인디오의 혼혈 어머니 사이에서 태어났다. 1910년 멕시코에서는 농민과 노동자들이 중심이 된 혁명이 일어났다. 프리다가 성장하던 시기는 뜨거운 혁명의 시대였다.

여섯 살에 소아마비를 앓아 오른쪽 다리가 불편했지만 아름답고 똑똑한 소녀로 자랐다. 그녀는 의사가 되려고 멕시코 최고의 교육기관인 에스쿠엘라 국립예비학교(전교생 2,000명 중 여학생은 35명)

에 진학했다. 당시 멕시코 혁명을 대표하는 천재 미술가 디에고 리베라가 그 학교 강당에 벽화를 그리러 왔다. 프리다는 그때 처음으로 디에고를 봤다. 화가가 될 마음이 없었던 프리다는 괴팍한 바람둥이 디에고에게 별 관심이 없었다.

그러나 18살에 그녀가 탄 버스와 전차가 충돌하는 대형사고는 그녀의 삶을 바꿔 놓는다. "그녀의 옆구리를 뚫고 들어간 강철봉이 척추와 골반을 관통해 허벅지로 빠져나왔고 소아마비로 불편했던 오른발은 짓이겨졌다." 살아 있는 것만으로도 기적이었다. 그녀는 자신이 '다친 것이 아니라 부서졌다'고 표현했다. 깁스를 한 채 침대에 오랜 시간 누워 지내던 프리다는 거울에 비친 자신을 그리기 시작했고 그림이 자신의 운명임을 깨닫는다.

미술교육을 받은 적이 없는 그녀는 자신을 평가해줄 사람이 필요했다. 그러다 사회주의 사진작가 티나 모도티를 통해 디에고를 만났다. 디에고는 그녀를 '진정한 예술가'라고 평가했다. 수차례의 수술 끝에 기적적으로 걸을 수 있었지만 후유증으로 인한 고통은 평생 그녀를 괴롭혔다.

화가가 되겠다고 생각한 프리다 칼로는 디에고 리베라와 사랑에 빠진다. 이미 두 번이나 결혼한 적이 있는 21살이나 많은 디에고와 프리다는 22살에 결혼한다. 그들은 공산당원이 되었고 사회운동을 같이 했다. 그러나 여성편력이 심한 디에고의 외도는 계속되었고, 치명적으로 프리다의 여동생과의 관계를 알게 된다. 질투와 분노, 고독과 상실감은 그녀를 괴롭혔다. 그 후 그녀도 남편을 떠나 자유로운 여행과 연애를 하게 된다. 그러나 디에고를 증오하면서도 떠나지 못하고 집착한다. 디에고의 아이를 낳고 싶어했지만 세 번이나 유산되고 만다. 그녀에게 허락된 건 오직 그림 그리는 것뿐이었다.

프리다 칼로를 보고 온 날은 독주를 마셔야 한다.

우리 내면에 존재하는 고통과 슬픔과 외로움을 목도하고 온 날은 몸의 세포가 쌀알처럼 곤두서서 잠들 수 없기 때문이다. 그녀는 자신의 인생에서 두 번의 대형사고가 있었다고 말했다. 하나는 전차사고이며, 다른 하나는 디에고 리베라와의 만남이라고. 전차사고는 육체적 고통을, 바람둥이 디에고와의 만남은 정신적 고통을 안겨주었다.

그녀의 소원은 세 가지였다. 그림을 잘 그리는 것, 디에고와 사는 것, 혁명가가 되는 것이었다. 어쩜 그녀는 그 세 가지 소원을 다 이루었는지 모른다. 그녀의 그림은 인간의 숨을 멎게 할 만큼 독특했고, 디에고는 이혼했다가 다시 그녀에게 돌아왔고, 죽을 때까지 그녀 곁에 있었다. 그녀가 떠난 후 디에고는 '프리다를 향한 사랑이 내 인생의 축복'이었음을 깨닫는다. 또한 그녀는 민중과 노동자를 위해 그림을 그렸던 디에고를 통해 실질적으로 혁명가의 꿈도 이룬 셈이다. (사실 그녀는 스스로 자신의 삶의 혁명가였다.)

그녀의 삶은 투쟁의 연속이었다. 그녀는 육체적 고통과 싸우는 전사였으며, 불평등한 사랑과 피 흘리며 투쟁하는 혁명가였으며, 배신당한 '사랑의 전당'에 굴하지 않고 끝까지 제사를 지낸 제사장이었다.

인간의 고통을 화폭에 그처럼 잘 표현한 화가는 없었다. 그녀의 자화상은 고독한 저격수의 눈빛처럼 우리의 숨을 멎게 한다. 한 생명체가 온 우주와 맞서는 결연한 표정. 외로움으로 똘똘 뭉친 표정. 감히 자신을 침범할 수 없게 딱딱한 갑옷으로 무장한 무표정. 그 속에 한없이 사랑을 갈구하는 몸짓. 머리끝에서 발끝까지 치장하는 그녀는 '사랑의 전당'에 제사 지내는 제사장답다. 사랑을 갈구하는 모든 생명체는 자신을 치장하는 법이다.

사람들은 사랑에 빠지고 싶다고 말한다. 그러면서 그렇게 사랑에 빠질 만한 사람이 없다고 또한 말한다. 대개 그런 사람들은 일평생 단 한번도 자신의 모든 것을 걸고 사랑해보지 않았다. 사랑을 계산하기 때문이다. 키 크고 잘 생기고 학벌 좋고 돈 많은 남자를 찾는 여자들. 무조건 젊고 이쁜 여자를 찾는 남자들. 가슴으로 사랑하지 않고 머리로, 눈으로 사랑하기 때문이다. 사랑은 그냥 주는 거다. 내가 주고 나면 저 사람은 내게 주는 게 뭔가를 무의식으로 계산하는 사람은 진정한 사랑이 무엇인지 모른다. 그저 그 조건들이 사랑인 줄 착각한다. 죽을 때까지. 죽을 때까지 착각하다 죽으면 또한 나쁘지는 않다. 마취에서 깨어나듯 그 조건들이 사라졌을 때가 문제인 것이다.

자신의 삶을 온통 던지는 사랑에 우리는 감동의 눈물을 흘린다. 사랑을 '기브 앤 테이크'라고 생각하는 사람은 그런 사랑을 바보짓이라고 할 것이다. 『로미오와 줄리엣』『차타레 부인의 사랑』『데미지』『안나 카레리나』『위대한 개츠비』『테스』『제인 에어』『폭풍의 언덕』…. 얼핏 생각나는 소설들이다. 소설 속 주인공은 하나같이 자신의 삶 전부를 던져 사랑한다. 그들은 우리들 기억 속에서 불멸不滅한다. 프리다 칼로 또한 그러하다.

그녀의 자화상을 보면 고통도 슬픔도 외로움도 재산이란 사실을 깨닫게 된다. 고통과 슬픔과 외로움이 없다면 인간은 어떻게 자신의 존재를 응시할 수 있을까. 존재의 아름다움은 고통과 슬픔과 외로움을 먹고 깊어진다. 어쩌면 디에고의 바람기는 프리다에게 신神의 재앙인 동시에 축복이었는지 모른다. 그토록 좋은 작품을 남기지 않았는가 말이다. 민중을 위해 싸운 디에고는 혁명가로 남고 프리다는 예술가로 남았다. 혁명은 짧고 예술은 길다.

늘 도덕주의자들 땅에서 부당하게 추방당한 것 같던 내 마음은, 그녀를 보고 난 후 한동안 침묵 속에서 지냈다. 그동안 얼마나 엄살을 부리며 한없이 게으르게 살았는지를 아프게 인식하게 했다. 그녀는 사랑이든 그림이든 한 순간도 불꽃처럼 타오르지 않은 적이 없다. 심지어 육체적 고통조차 불꽃처럼 그녀를 괴롭혔다. 마치 삶 전체가 화형 당하는 여인 같았다. 불꽃 속에서 사랑하고, 불꽃 속에서 자신을 응시하며 수많은 자화상을 그렸다. 멕시코 전통까지 끌어안은 그녀의 그림은 그 어떤 미술의 범주에도 들지 않는 독특한 화풍을 만들어냈다.

그녀의 마지막 일기에는 '이 외출이 행복하기를 그리고 다시 돌아오지 않기를'이라고 쓰여 있었다. 향년 47세. 그녀는 47년의 육체적 고통과 정신적 고독으로 점철된 생을 마쳤다.

심장에 칼이 퍽 들어오면 인간은 비명조차 지를 수 없다. '프리다'라는 첨예한 칼날이 심장에 푹 꽂히듯, 그녀는 내 입을 닫게 했다. 그녀는 내 속에 잠자고 있던 '열정'이라는 거대한 미라를 서서히 일어나게 했다. 이윽고 붕대를 풀어헤치고 저벅저벅 내게로 걸어오게 한다. 가까이 다가온 그 미라의 모습은 프리다다. 그녀를 만나고 온 날 미치게 글이 쓰고 싶어졌다.

내 속에 프리다 칼로가 산다.

쓰는 자의 운명

문단에 이름 석 자를 올려놓은 지도 벌써 오랜 세월이 흘렀건만 아직도 문학이라는 이름만 들어도 가슴이 뛴다. 오랜 시간의 검증을 거치고도 석탑처럼 우뚝 서 있을 수 있는 작품 하나 가지기를 언제나 꿈꾸지만, 문학은 야속한 님처럼 언제나 말이 없고, 난 짝사랑으로 온몸이 파랗게 타들어가곤 한다. 늘 얼음 위에서 자는 사람처럼 불편한 잠 속에서도 님을 만나듯 문학을 만난다.

글만 써서 호구가 해결되지 않아 다른 공부를 하러 갈 때 가슴이 몹시 아팠다. 문학에게 버림받은 느낌이 명치를 꽉 메우고 있어 오래도록 불행했고, 오래도록 침묵했다. 불행한 자는 침묵으로 자신을 보호한다. 나는 침묵서원을 한 수도자처럼 말없이 지냈다. 눈을 아래로 할 수조차 없었다. 눈을 아래로 했다가는 눈물이 굴러떨어져 내 발등을 사정없이 찍을 것 같아서였다.

쉬어갈 나무 한 그루 없고 길을 물을 '여우'조차 없는 바람 부는 문학이라는 사막을 불을 지고 걷는 소처럼 타박타박 걸어 오다보니, 너무 멀리 걸어와버려 이젠 돌아갈 수조차 없게 되었다. 이렇게 멀리 걸어왔음에도 불구하고 누구와도 마주친 적이 없어 여전히 무명인 처지가 서럽기도 하지만, 이젠 무명인 존재가 얼마나 편안한지 모른다. 아직도 내 등에는 불씨가 남아 있고, 포기한 적이 없으니 실패하지도 않았다.

내가 문학이라는 이름만 들어도 가슴 떨려 하는데 반해 이 시대는 문학을 도외시한다. e메일조차 문장이 길어 읽기 귀찮은 디지털 세대들은 휴대폰 메시지로 편지를 대신하는 세상이 되었다. 또한 영상매체의 전성시대가 도래한 것이다. 문학작품에서나 느낄 수 있었던 감동적이고, 문학적이고, 철학적이고, 인간적이며 오락적인 잘 만든 영화가 넘쳐나는 세상이다. 세계 영화제에서 우리나라 감독들의 수상 소식은 이젠 놀랄 일이 아니게 되었다. 그러니 누가 홀로 골방에 틀어박혀 냄새나는 소설을 돈을 주고 사서 홀로 외롭게 책을 보겠는가. 독서는 자신을 성찰하는 기능이 있다. 사람들은 자신을 돌아보는 데 인색하다. 책을 사지 않고 읽지 않는 그들이 너무나 이해가 잘 되어 오히려 글을 쓰는 직업인 내가 미안한 생각이 들 때가 있다.

또한 문학이란 '인간의 감성이 잠들지 못하도록 계속 잽을 날리는 행위'이다. 감성이 깨어 있다는 것은 첫 번째로 모든 미물에 대한 '측은지심惻隱之心'이 살아 있다는 말인데, 책을 읽지 않는 요즘 세상은 날로 이기적이고, 포악하고, 잔인해지고 있다.

그러나 중요한 것은 모든 문화예술(영화, 연극, 오페라, 뮤지컬, 애니메이션, 모바일 게임 등)의 기본은 서사구조(이야기)로 이루어져 있다는 것이다. 서사구조의 원형은 두 말 할 것도 없이 소설이다. 이렇게 소설가를 홀대했다가 나중에 아무도 소설을 쓰지 않게 되면 우리의 모든 문화예술이 깡그리 무너질 수 있다는 점을 명심해야 할 필요가 있다.

— 아직도 글 쓰세요?

오랜만에 만나는 사람들은 내게 그런 질문을 가끔 한다. 그런 질문을 받을 때마다 쓸쓸하고 외로워진다. 물론 소설가는 언제나 다음 작품을 쓰지 않는 한 이번 작품이 묘비명이 되는 건 사실이다. 그러나 한번 소설가는 영원한 소설가이다. 소설을 쓰지 않을 때조차 소설가로 살고 있기 때문이다.

이십대 초반, 내가 가지고 있는 잣대에 세계가 맞지 않는다고 분노하고, 적의를 드러냈다. 그러나 세계는 누구의 잣대에도 맞지 않는다는 것, 자신이 가진 그 잣대만큼 세계를 바라볼 뿐이라는 것을 알기에는 미욱하게도 오랜 시간이 걸렸다. 그리고 이젠 분노를 담은 발톱을 감출 줄도 알게 되었다. 분노와 적의를 드러내던 시절, 난 어리석게도 문학이 세계를 변화시킬 수 있으리라 맹신했었다. 그러나 문학은 사회를 절대 변화시킬 수 없다는 것을 깨달았다. 왜냐하면, 문학은 사회에 아무것도 기여할 수 없기 때문이다. 다만 인간을 약간 변화시킬 수는 있을는지 모르겠다. 그 변화란 것도 쓸데없이 번뇌에 휩싸이게 만들고 질문하게 한다.

'왜?'라고 질문하기 시작하면서 인간은 고뇌에 빠지게 되고, 이윽고 늙은이의 눈으로 변해 세상살이가 시들하게 느껴지는 니힐리스트나 아나키스트로 이끌리게 된다. 그러므로 결국 문학은 사회에 기여하는 것이 없고, 따라서 변화시킬 수도 없다. 문학이 수치심을 일깨우고 인간에게 부끄러움을 가르친다고? 그러기에 인간은 너무 약아빠져 버렸다. 단, 고뇌하는 인간은 스스로 우월감을 가지게 될 뿐이다.

그럼, '나는 왜 소설가인가?'라고 또다시 내게 질문을 던져본다. 소설가란 문학으로 이 슬픈 세상을 구원할 수 있기를 희망하는 '순례자'인 동시에 삶의 의미를 해석하는 '해석자'이기도 하다.

문학이란 결국 '자기 찾아가기'이다. 자기 찾아가기란 '상처난 영혼을 치유'하기의 다른 이름이다. 사람들은 그런 문학(혹은 예술)을 보며 자신들의 상처 또한 치유한다. 상처 없는 인간은 없다. 어머니의 자궁에서 떨어져 나오는 것부터 상처이기 때문이다. 세상은 만남과 이별에 의한 상처의 연속이다. 상처난 영혼을 치유해주는 게 문학(혹은 예술)의 몫이다.

내 문학의 첫걸음은 상처난 영혼의 치유를 위한 수단으로 시작되었다.

글을 쓰고 있을 때만이 가장 행복했고, 불안하지 않았고, 살아 있는 것 같았다. 모두 잠든 밤 홀로 깨어 글을 쓰고 있노라면, 내 몸이 발광체처럼 파랗게 빛을 내는 것 같았다. 그러나 시간이 흐르면서 삶의 뒷모습을 목도한 자처럼 소설가는 결코 이 생生에서 편안할 수도 행복할 수도 없는 존재임을 알았다.

상처난 영혼을 복원하기 위한 수단으로서의 글쓰기는 이윽고, 목적이 되어 있었다. 오랜 시간 문학출세주의라는 욕망에 빠져 시달렸다. 그럴수록 글쓰기는 더욱 힘겨웠다. 비슷하게 출발한 문우들이 저만큼 앞서 가는 걸 지켜보면서 제자리걸음인 것만 같은 자신을 바라보기란 절망에 가까웠다. 스스로 비루하고 누추하여 어느 날 죽어 버리고 싶었고, 문학을 작파하고도 싶었다. 아무도 만나지 않았다. 독방생활을 하는 수인처럼 검은 커튼을 치고, 우황 든 소처럼 펄펄 끓는 열기를 어찌하지 못해 무지 울었다. 그 열기는 문학을 향한 내

사랑이었다. 울고 또 울며 하얗게 밤을 밝힌 날 새벽이면 배가 고팠다. 문학은 돌부처처럼 말이 없고, 난 밥을 먹었다.

소설가는 생명의 비의를 쫓고자 하는 자이며, 신神의 영역으로 가고자 하는 자이다. 그들이 쓰는 글은 상상과 체험에서 우러나와 후대의 한 영혼에게 파장을 일으켜 변화시킬 수도 있다. 소설가가 어느 한 시간을 묘사하는 것은 이 세상의 한 찰나를 묘사함이며, 그 찰나를 묘사함으로써 세상의 한 찰나는 의미를 지니게 되며, 영원히 존재하게 된다. 또한 소설가란 캄캄한 밤길을 걷는 나그네에게 아무도 알아주지 않지만, 묵묵히 서서 밤길을 밝혀주는 외등 같은 존재이다. 그러므로 글 쓰는 행위가 그리 만만하고 초라한 일만이 아니라는 생각이 내 울음을 멈추게 했다.

또한 스스로를 위로했다. 아무도 읽지 않는 소설을 쓴다는 걸 죄스러워하지 말자. 이젠 나를 위해 써야겠다. 쓰지 않으면 견딜 수 없다면 나를 위해 쓰자고. 그게 쓰는 자의 운명이라면 그 운명을 받아들이라고.

절망의 바닥까지 내려가면 다시 바닥을 차고 올라오는 법. 절망과 극복을 거듭하던 어느 날, 문학은 내 삶의 목적이 아니라 수단이란 생각이 들었다. 또한 문학이란 마라토너처럼 자기와의 싸움인 동시에 끝까지 완주하는 데 더 큰 의미가 있다는 깨달음이 왔다. 고독한

'순례자'처럼 내가 바라본 세상만큼 삶을 해석하며, 밭을 가는 소의 걸음걸이로 이 생生을 무사히 횡단하기를 희망하게 되었다.

그 생각 이후, 시류에 편승하지 않아도 불안하지 않았고, '홀로, 천천히, 자유롭게' 글을 쓸 수 있게 되었다. 이 평상심을 잃지 않으려 노력하지만, 가끔 불안이 날 집어 삼키려 으르렁거리곤 한다. 그럴 때면 뼈 속까지 취할 수 있는 독주毒酒와 쳇 베이커Chet Baker의 트럼펫 곡이 필요하다.

제4부

사랑했던 시간의 뒷모습

수다예찬

언제나 '왕따'였다.

아니 스스로 학교 전체를 '왕따'시켰다. 여고시절, 혼자 책 보고, 혼자 사색하고, 혼자 걷는 아이였다. 두 시간이 넘게 소요되는 거리를 혼자 걸어서 집으로 돌아오곤 했다. 그랬었던 아이였으니, 물론 동창 모임에 나갈 리가 없다.

친구라고 생각하는 아이는 지금 뉴욕에 사는 J 한 명뿐이었다. 친구란 '지음知音', 즉 나의 소리를 알아듣는 한두 명만 있으면 된다고 생각했다. 그러니 더 이상의 친구가 필요하다고 생각해본 적이 없다.

그런데 어느 날, 알 듯 말 듯한 동창에게서 전화가 왔다. 졸업 30

주년 '사은회'를 개최한다는 것이다. 우리 학교에서 배출된 문필가는 너뿐이니 그날 와서 '축사'를 낭송하라고 했다. 동창회장의 여러 번의 간곡한 전화와 방문으로 승낙을 했다.

드디어 그날이 되어 한복을 입고 축사를 써서 낭송을 했다. 여고 시절 때의 추억과 교장 선생에 대한 그리움을 적당히 섞은 글이었다. 그해 출간된 작품집 『낮술』을 은사님들에게 선물을 하기도 했다. 삼십 년 만에 만나는 동기들과 은사님들…. 특히 허기진 내 영혼에 끝없이 책을 소개해준 도덕 선생을 만날 수 있어 너무 기뻤다.

그 선생은 교실에 들어오면 자고 싶은 사람은 엎드려 자라고 했다. 그러면 반 이상 아이들이 바로 책상에 얼굴을 묻었다. 그러나 나는 그 시간이 그 어떤 시간보다 정신이 초롱초롱하게 빛나는 시간이었다. 도스토예프스키, 헤르만 헤세, 토마스 만, 버지니아 울프, 스탕달, 제인 오스틴, 에밀레 브론테, 샬럿 브론테, 너대니얼 호손, 토마스 하디 등 대문호들의 수많은 명작들을 소개해주었다. 또 얼마나 많은 영화들을 소개해주었던가.

평소 동창 모임을 우습게 여겼다. 여자들이 모여 수다를 떨다 가는 것쯤으로 비하했다. 물론 맞다. 여자들끼리 옷 차려 입고 괜찮은 음식점에서 식사를 하며 수다를 떨다 헤어진다. 그러나 수다를 우습게 보면 안 된다. 사람은 누구나 자신들과 비슷한 사람들끼리 소통

하고 싶은 본능이 있다. 자연재해와 사나운 맹수들의 위협으로부터 살아남으려면 서로 정보를 주고받으며 도와야 했던 선조들의 DNA가 우리의 피 속에 본능으로 남아 있는 것이다. 그러므로 친구가 필요한 것도 인간의 본능이다.

생각해보면 처녀시절에도 그렇게 친구들과 잘 어울리며 정보를 주고받은 아이들이 대체적으로 시집을 잘 갔다. 결혼을 해서도 여전히 여자들끼리 모여 수다를 떨며 정보를 주고받으니, 아이들도 잘 키웠다. 세월이 흘러 자신들의 삶의 숙제가 끝난 후에는 다시 소녀들처럼 옹기종기 모여 수다를 떨며 노년을 외롭지 않게 보낼 것이다.

그러나 선사시대에도 고독한 주술사(현대의 종교인 혹은 예술가)는 있었다. 그들은 불안과 공포에 떠는 사람들의 영혼을 위무해주었다. 사람들은 그들을 존경했다. 지금도 종교인이나 예술가를 존경하는 이유이기도 하다.

수다란 결국 말을 주고받는 대화다. 대화를 하며 서로를 비춰보고 존재감을 느끼는가 하면 성찰하기도 한다. 또한 살아가는 지혜와 세상살이의 고단함을 주고받으며 혼자가 아니라는 위안을 얻기도 한다. 그러므로 남자들에게도 수다 예찬을 권한다.

한번도 '아줌마'(비하 발언 아니다)들과 어울려 보지 않은 나는 처음엔 거부감이 왔다. 그들이 세상을 보는 시각과 내가 세상을 보는 시각이 잘 맞지 않았다. 그런데 몇 번 만나다 보니, 그 중에서 여고 때는 전혀 몰랐던 '보석' 같은 동기 몇을 발견할 수 있었다.

겸손하고 지혜롭고 남의 아픔을 제 아픔인 양 안타까워하고, 늘 남을 위해 봉사할 마음이 되어 있었다. 그 동기들 보는 재미로 나가기 시작해 이젠 두 달에 한번 만나는 동창 모임에 열심히 나간다. 나가다 보니 모두들 나름대로 자신들에게 주어진 삶을 묵묵히 헤쳐나가고 있음이 보였다. 저 '아줌마'들의 힘이 대한민국을 지탱하는구나 싶었다.

"너무 그렇게 볼 거 없다. 저 화환 하나에 몇 가족이 먹고 사는가를 생각해봐."

경조사에 화환을 보내는 것을 부정적인 시각으로 보는 내게 슬쩍 지나가는 말로 '보석' 같은 한 동기가 말했다. 꽃을 키우는 화원과 꽃 도매상과 꽃을 파는 가게와 화환을 배달하는 사람들.

나는 부끄러웠다. 글을 씁네 하고, 세상은 위선과 허위의식으로 포장되어 있다고 늘 비판적인 시각으로만 바라보았던 것이다. 나에게는 세상을 보는 지혜와 따뜻함이 부족했다. 경조사에는 서로 참석하여 축하해주고, 애도해주었다. 사람들과 섞이는 걸 낯설어하고, 더더욱 상부상조하며 사는 것이 낯설던 나는 생각을 전환할 수 있는 계기가 되었다.

인간은 새처럼 하늘 높이 떠서 살 수도 없고, 호랑이처럼 산에서 홀로 살 수도 없다. 그러므로 인간 속에서 부대끼며 살아갈 수밖에 없는 사회적 동물인 것이다. 언제나 아웃사이더였던 나는 '사은의 밤'을 치른 이후 동창 모임을 보는 사시斜視가 교정되었다. 이젠 한동안 못 보면 그 '아줌마'들과의 수다가 그립다.

선녀와 나무꾼

또 선녀와 나무꾼 이야기다.

옛날 옛날에 홀어머니와 사는 가난한 나무꾼이 어느 날 사냥꾼에게 쫓기는 사슴을 구해준다. 사슴은 자신의 목숨을 구해준 은혜에 보답으로 보름달이 뜨는 날 폭포로 나가보라고 한다. 그 폭포에는 하늘에서 선녀들이 내려와 목욕을 하고 있을 거라고 일러준다.

— 그 선녀들의 날개옷 중 하나를 감추세요. 그 날개옷이 없으면 선녀는 하늘나라로 못 올라갑니다. 그 날개옷을 잃어버린 선녀가 나무꾼님의 각시가 될 겁니다. 대신 아이를 셋 낳을 때까지는 날개옷을 절대 보여주어선 안 됩니다.

나무꾼은 사슴이 일러준 대로 했다. 날개옷을 잃어버린 선녀는 나무꾼과 혼인하여 아이를 둘 낳았다. 그러나 선녀는 매일 밤, 하늘을 쳐다보며 부모님이 보고 싶어 눈물을 흘렸다. 착한 나무꾼은 그런 선녀가 불쌍했다. 나무꾼은 아이 셋을 낳을 때까지 날개옷을 절대 보여주지 말라는 사슴의 말을 어기고, 아이 둘을 낳은 선녀에게 그만 날개옷을 보여주고 만다. 선녀는 그 날개옷을 보자마자 입고 아이를 양 손에 끼고 하늘나라로 올라가버렸다. 그날 이후 나무꾼은 일도 하지 않고, 식음도 전폐하고 매일 선녀가 목욕하러 내려왔던 폭포에 나가 앉아 하늘만 쳐다보았다.

하늘에 올라간 선녀는 폐인이 되어가는 남편을 내려다보며 마음이 아팠다. 그러나 인간은 하늘나라로 올라올 수가 없다. 선녀는 남편이 하늘나라로 올 수 있게 해달라고 옥황상제께 백 일 동안 매일 눈물로 읍소했다. 옥황상제는 그 막내딸의 간청에 감응하여 보름달이 뜰 때 두레박을 내려 보내게 허락한다.

그 두레박을 타고 하늘나라로 올라온 나무꾼은 선녀를 다시 만나 아이 둘을 더 낳고 잘 사는 듯했다. 그러나 어느 날부턴가 나무꾼은 먹지도 않고 웃지도 않았다. 일하지 않아도 금은보화가 가득하고 산해진미로 밥을 먹고, 사랑하는 가족과 꽃이 만발한 정원에서 놀기만 하는데도 그는 전혀 즐거워하지 않았다.

선녀는 나무꾼에게 왜 행복하지 않느냐고 물었다. 그러자 나무꾼은 어머니가 보고 싶어서 그렇다고 대답한다. 선녀는 다시 옥황상제에게 나무꾼이 한번만 어머니를 뵙고 올 수 있게 해달라고 눈물로 읍소한다. 선녀는 옥황상제가 막내딸인 자신의 눈물에 약하다는 걸 안다.

하늘나라에 온 인간은 지상으로 내려갈 수가 없다. 그러나 매일 눈물로 간청하는 막내딸이 가여워 옥황상제는 천마를 내어준다. 나무꾼은 천마를 타고 자신이 살던 산골 집으로 향했다. 새벽이었는데 어머니가 장독대에 정화수를 떠놓고 하늘나라에 간 아들이 무탈하게 잘 살게 해달라고 천지신명에게 빌고 있었다.

나무꾼은 눈물이 쏟아졌다. 천마는 나무꾼 집 위를 천천히 돌아 하늘로 향했다. 그때 나무꾼의 눈에 자신이 매일 산에 나무를 하러 갈 때 지던 지게가 보였다. 순간 나무꾼은 주저 없이 천마에서 뛰어내렸다. 발이 땅에 닿으면 다시 천마에 올라탈 수 없다. 천마는 유유히 하늘로 사라졌다.

나무꾼은 그 길로 어머니에게 큰 절을 하고 지게를 지고 산에 나무를 하러 갔다. 나무꾼은 나무를 하며 오래도록 어머니랑 행복하게 잘 살았다.

이 이야기는 언제나 감동을 준다. '나무꾼은 나무를 해야 행복하다'

는 누군가의 말에 스토리를 만들어 보았다. 원래 내가 어릴 때 알고 있던 '선녀와 나무꾼' 전래동화는 두레박을 타고 올라간 나무꾼이 행복하게 오래오래 잘 살았다가 끝이었다. 말하자면 해피엔딩이었다.

그러나 조금 더 커서 본 어느 책의 '선녀와 나무꾼' 이야기는 비극으로 끝이 났다. 어머니가 보고 싶어, 천마를 타고 내려온 나무꾼은 어머니가 끓여준 팥죽을 먹다가 뜨거운 팥죽이 천마의 발등에 떨어지자 천마가 놀라는 바람에 나무꾼은 땅에 떨어진다. 땅에 떨어진 나무꾼은 지상에서 홀로 살다가 죽은 뒤 수탉이 되었다고 했다. 수탉이 된 나무꾼은 하늘나라의 아내와 자식이 그리워 매일 아침 지붕에 올라가 하늘을 보고 울부짖는다는 것이다.

결국 선녀와 나무꾼의 이야기는 신분격차(하늘과 땅)를 뛰어넘지 못한 슬픈 사랑 이야기의 원형인 셈이다.

가끔 그 어머니는 왜 하필 뜨거운 팥죽을 끓여 먹였을까, 생각했다. 어쩜 부부보다 효孝사상에 더 무게를 두던 시절의 구전설화였을 것이다.

그러나 나무꾼이 지게를 보자마자 천마에서 뛰어 내린다는 건 얼마나 통쾌한가. 아내나 자식이나 어머니 때문이 아니라 오로지 자신의 정체성을 위한 삶의 선택이 아닌가.

아무튼 나무꾼은 나무를 해야 즐겁다. 나무를 할 수 없는 하늘나라에서 나무꾼은 불행했다. 너무 일찍 정년을 맞이한 이 시대의 모든 나무꾼(여자 나무꾼도 있다)들은 불행하다. 그러나 나이 탓하지 말고, 나라 탓하지 말고, 복지에 기댈 생각하지 말고, 자기 자신을 유기하지 말고, 무엇이든 배워서 경제활동을 하는 행복한 나날이 되었으면 좋겠다.

매화

화괴花魁, 꽃의 우두머리. 가장 일찍 핀다고 붙여진 이름. 매화의 다른 이름입니다.

장미과의 갈잎 중간키 나무인 매화는 꽃을 강조한 이름이다. 열매를 강조하면 매실나무이다. 잎보다 꽃이 먼저 피는 매화는 다른 나무보다 꽃이 일찍 핀다. 그래서 매실나무를 꽃의 우두머리를 의미하는 '화괴'라 한다.(네이버 지식백과)

화괴라, 역시 매화는 매화라 해야 할 것 같습니다. 말이 나온 김에 네이버 지식백과의 매화에 관한 글을 조금 더 옮겨 보겠습니다.

매화나무는 꽃이 피는 시기에 따라 일찍 피기에 '조매早梅', 추운 날씨에 핀다고 '동매冬梅', 눈 속에 핀다고 '설중매雪中梅'라 한다. 아울러 색에 따라 희면 '백매白梅', 붉으면 '홍매紅梅'라 부른다. 우리나라 화가의 경우 대개 18세기까지는 백매를 선호했으나 19세기부터 홍매를 선호했다. 중국 양쯔강 이남 지역에서는 매화를 음력 2월에 볼 수 있다. 그래서 매화를 볼 수 있는 음력 2월을 '매견월梅見月'이라 부른다.

왜 이 가을에 매화타령이냐고요? 실은 제가 감히 호號를 하나 가지고 싶었습니다. 어느 술자리에서 오랜 지인이 아름다운 가佳 자를 하나 주겠다고 말을 한 후 얼마의 시간이 흘러, 후배 시인은 '선배는 만날 때마다 언제나 현재가 가장 좋은 것 같다'며 현재 현現 자를 하나 주었습니다. 그래서 어쭙잖게도 '가현'佳現이란 호를 쓰고 있습니다. 호를 별로 쓸 데는 없고, 이름을 지어줄 때 '작명증作名證'의 두인으로 사용하고 있습니다.

그러나 늘 제 마음 속에는 꺾어진 매화가 꽃을 피우던 기억이 남아 있어 '매화'라는 이름을 가지고 싶어 사전을 찾아보았던 것입니다.

이십대 때 한창 유행했던 꽃꽂이를 배우러 다녔습니다. 아직 봄 냄새도 희미하게 맡아지지 않을 무렵이었습니다. 손이 시릴 정도였으니까요. 그날의 꽃꽂이 소재는 매화였습니다. 일본에서 공부하고 오신 선생은 꽃눈이 겨우 맺힌 매화 가지를 하얀 달항아리에 꽂기 시작했습니다. 제일 긴 가지를 꽂았다가 다시 빼서는 손으로 훑듯이 잘게 꺾으면서 선을 만들었습니다. 두 번째 가지도 그렇게 매화를 엄지로 잘게 꺾어서 원하는 선을 만들었습니다.

매화는 흰 백자 항아리에 고아한 맛을 풍기며 공간을 장식했습니다. 저는 선생님께 이렇게 가지를 꺾으면 매화가 금세 시들지 않느냐고 물었습니다. 그러자 선생님은 '매화는 꺾어져도 꽃을 피운다'고 했습니다. 정말 그 꺾어진 매화는 꽃을 피우며 한 달 가까이 향내를 풍겼습니다. 꽃이 지고난 후에도 그 매화 가지를 버리지 못하고 드라이플라워처럼 말려 아름다운 선을 감상한 기억이 있습니다.

그리고 세월이 흘러 어느 고궁엘 갔습니다. 아마 비원을 거쳐 후원으로 돌아간 기억이 나니 창경궁 어름이었을 겁니다. 손이 시리고 코끝이 시린 날이었습니다. 누구하고 갔냐고요? 네, 분명 남성이긴 했는데 기억이 나지 않습니다. 아마 그 근처에서 점심을 먹고 시간이 어중간하여 산책삼아 비원엘 갔을 겁니다. 생각해보니, 어느 기자와 인터뷰를 한 후였던 것 같습니다. 그 기자의 다음 약속 시간까지 같이 비원을 산책했던 거지요.

아무튼, 아주 오래된 고목나무에 매화꽃이 피어 있었습니다. 자태가 너무 아름다워 그 나무 주위를 한 바퀴 도는데, 세상에 그 고목나무는 속이 텅 비어 있었습니다. 속이 텅 빈 그 고목나무의 매화꽃은 세상의 어느 꽃보다 제일 먼저 피었습니다. 그 순간 옛날 꺾어져도 꽃을 피우던 매화가 생각났지요. 그래서 제가 '매화'라는 호를 가지고 싶었던 것입니다.

매화는 꺾어져도 꽃을 피우고, 늙어 속이 텅 비어도 꽃을 피웁니다. 매화처럼 나이 들어가고 싶습니다. 그래도 화괴는 좀 그렇지요? 매화는 기생 이름 같고요.

대중목욕탕

나는 아직도 대중목욕탕을 간다. 수증기가 자욱한 대중목욕탕에서 땀을 흘리며 목욕을 하고나면 몸이 가벼워지는 것 같아서다. 십여 년 전 강남 세브란스 옆 아파트에 살 때 일이다. 내가 살던 아파트 건너편에는 소방도로를 사이에 두고 두 개의 대중목욕탕이 있었다. 하나는 오래된 3층 건물 2층에 있고, 하나는 새로 올린 15층 빌딩 지하에 있었다.

당연히 새로 올린 빌딩 지하의 목욕탕 시설이 훨씬 좋았다. 크기도 세 배는 될 것이다. 나는 물론 새로 지은 건물의 목욕탕엘 갔다. 사람들이 별로 없어 항상 조용해서 좋았다. 그런데 그곳에서 표도 받고 음료수도 팔고 청소도 하는 아주머니가 갈 때마다 신경질적으로 욕을 하며 청소를 했다. 나보다 열 살은 많아 보이긴 했지만, 그렇게 늘 화를 내고 욕을 하며 일을 하니 얼굴이 마귀할멈처럼 변해 있었다.

왜 사람들이 시설이 이렇게 좋은 사우나탕을 두고 오래된 2층 목욕탕을 가는지 알 것 같았다. 자신에게 주어진 일을 즐겁게 하지 않으면 모두에게 손해인 것이다. 우선 자신의 얼굴이 미워지고, 사람들을 불쾌하게 만들고, 주인에게 손해를 입히게 되는 것이다.

— 아주머니, 힘들게 아주머니가 하지 마시고, 여기 청소 담당하는 분에게 하라고 하세요.

하루는 어찌나 욕을 해대며 일을 하길래 내가 한마디 했다. 그 아주머니는 나를 힐끔 돌아봤다.

— 청소 담당 아주머니 안 계세요? 나가면서 주인에게 청소하는 분 쓰시라고 말해줄게요.

내가 말했다. 그 아주머니는 대꾸 없이 뚱한 표정으로 거칠게 밀던 밀대를 부드럽게 밀기 시작했다. 그 뒤 그 아주머니는 친절하게 변해 그 목욕탕도 사람이 많아졌다. 내가 가면 그 아주머니는 나와 눈도 안 맞추고 조용히 자신의 일만 했다.

요즘도 아이를 울려가며 때를 심하게 미는 젊은 엄마들이 있는지 모르겠지만 2000년 전후 강남에 살 때만 해도 그랬다. 특히 명절 전날 가게 되면 거의 지옥 수준이었다. 엄마의 고집도 고집이지만 너댓 살 된 꼬마의 우는 본세도 만만찮아 보였다. 아이들은 여기저기서 기를 쓰고 울고, 수증기는 자욱하고, 앉을 자리도 없고, 바가지도 없다. 그렇게 아수라장인 곳에서도 바가지를 세 개씩 차지하고 절대 남에게 양보 하지 않는 여자가 있었다.

작은 바가지 하나와 큰 대야 두 개. 작은 바가지로 물을 퍼 큰 대야에 담아 썼고, 다른 큰 대야 하나에는 자신이 들고 온 목욕용품이 든 바구니를 넣어 두었다. 내가 보기에 목욕용품이 든 바구니는 그냥 바닥에 내려놓으면 되고, 굳이 큰 대야가 필요할 것 같지도 않았다. 나는 작은 바가지 하나면 충분했다. 작은 바가지로 물을 퍼서 바로 몸을 씻으면 된다. 한 아주머니가 목욕용품이 든 바구니를 바닥에 내려놓고, 그 대야를 자신이 좀 사용하자며 옥신각신 다투고 있었다. 그러나 바가지 세 개를 차지한 여자는 절대 양보하지 않았다.

— 내가 먼저 차지한 건데 왜 그러세요? 목욕 바구니 더러운 바닥에 놓기 싫다잖아요.

— 아니, 나갈 때 씻으면 되잖아요.

— 싫다는데 왜 그러세요? 저보다 일찍 오든지 그러셨어요?

— 정말 이기적이네.

돌아서는 여자가 중얼거렸다. 한마디만 더 대거리했다가는 난투

극이 벌어질 것 같았다. 둘 다 오리지널 서울말을 썼다. 그러거나 말거나 사람들은 심혈을 기울여 때를 밀었다. 마치 때를 밀지 않으면 지옥 불에 떨어지기라도 하듯이 말이다.

나중에 목욕을 마치고 나올 때쯤 그 여자도 같이 나오게 되었는데, 그 여자는 그저 자신이 가져갔던 목욕용품이 든 바구니만 들고 나왔다. 다 두고 나올 거면서 그렇게 욕심스럽게 바가지 세 개를 껴안고 망측스럽게 발가벗고 싸움을 하다니….

우리네 삶도 이와 같다는 생각을 한다. 대중목욕탕에서 작은 바가지 하나 깨끗이 쓰고 두고 나오듯, 그렇게 우리는 쓰던 물건 다 두고 세상을 떠나는 것이다.

그리움, 인간의 향기

그리움이란 무엇일까, 라는 생각을 하게 된 건 그녀 때문이다. 시간이 정지돼버린 듯, 햇살이 환장하게 좋은 어느 봄날 전화가 왔다. 나는 무엇을 하고 있었던가. 열 평도 되지 않는 오피스텔에서 책을 찾고 있었다. 만 권도 안 되는 책장에서 그 책은 아무리 찾아도 없었다. 찾는 책은 파트리크 쥐스킨트의 『좀머씨 이야기』였다.

하얀 표지에 지팡이를 짚고 빨간 모자를 쓴 작은 남자가 급히 어딘가로 걸어가는 그림이 인쇄된 책이다. 벌써 십오육 년 전에 본 책이 불현듯 다시 읽어보고 싶었던 것이다. 온종일 걸어다니기만 하던 좀머씨는 '그러니 제발 그냥 나를 놔두시오'라는 말을 남기고 물 속으로 사라진다. 백 쪽쯤 되는 얇은 책을 기어이 못 찾았고, 아직도 못

찾았다.

전화는 모르는 번호였다. 전화를 받자마자 대뜸 내 이름을 말했다. 어디서 많이 들던 목소리였지만 그녀가 이름을 말하기 전까진 알 수 없었다. 내다, 내. 김연주(가명). 그녀는 대학 동창 연주였다. 이십오 년 만인가. 시골로 교사 발령을 받았을 때 나는 가지 않았고, 연주는 갔다. 대구에 사는 그녀는 교편생활을 했고, 나보다 많이 늦게 결혼했다, 결혼 후 연락이 끊어졌다. 그녀는 내가 너무너무 보고 싶었다면서 당장 대전에서 만나자고 했다. 나는 뜨악했다. 그렇게 보고 싶었다면 그동안은 뭐하다가 퇴직한 후에 전화를 한단 말인가. 이미 친구를 하기에는 늦은 듯했다. 나는 대구로 내려가면 연락하겠다고 말하고 끊으려 했지만, 그녀는 내가 무슨 동에 사는지 궁금해했다.

— 니 아직 강남에 사나? 넓은 평수로 옮겼제? 느거 아들 대학은 어디 나왔노?

나는 나중에 만나서 얘기하자며 전화를 끊었다.

『좀머씨 이야기』를 찾던 나는 구정물을 뒤집어쓴 듯한 기분이 되었다. 내가 너무너무 보고 싶었다면, 첫 마디가 너 아직도 글 쓰고 사냐고 조심스럽게 물었어야 했고, 그동안 어떻게 살았냐고 진심어린 질문을 했어야 했다. 별안간 그녀가, 왜 내가 궁금해졌는지 알 것 같았다. 아마 누군가에게 자신을 자랑하고 싶은데 그 대상을 찾다보니 내가 생각난 것일 것이다.

나는 이십오 년 동안 단 한번도 그녀가 보고 싶지 않았다. 실존하지도 않는 '좀머씨'는 그리운데, 왜 그녀는 보고 싶지 않았을까. 언제나 잘난 척하는 그녀의 관심사는 의사 남편 만나는 거였고, 명품 백과 명품 신발과 명품 옷이었다. 그녀는 속옷까지 명품을 입었다. 의사와 결혼하기 위해 선을 백번도 더 봤을 것이다. 그러나 그것만은 뜻대로 되지 않아 대기업 다니는 키 작은 남자와 결혼했다.

그리움이란 무엇일까. 인간의 향기란 무엇일까. 그녀의 전화를 받은 후 화두 하나가 생긴 것이다. 생각해보면 난 그녀의 아픔과 슬픔과 외로움을 전혀 모른다. 그녀는 그런 게 세상에 존재하는지조차 모르는 것 같았다. 언제나 남을 깔보는 경향이 있었다. 어쩌다 졸업반 말기에 조금 친해지긴 했지만 그 천박한 생각이 늘 불편했던 친구였다.

오히려 초등학교 동창인데 계모 밑에서 힘들게 자라다가 고등학교만 졸업하자마자 친엄마 찾아 서울로 가버린 A가 그립다. 사춘기 시절 참 많은 얘기를 나눈 친구였다. 지금쯤 눈물이 그쳤는지. 고등학교 졸업한 후 재수를 할 때 갑자기 아버지가 돌아가시고 부도가 나서 길거리에 나앉을 지경이 되었다는 풍문을 들은 B도 보고 싶다.

B와는 미술학원을 같이 다니며 엄청 친했었는데 연락이 끊어졌다. 둘 다 수소문해 보았지만 그녀들을 아는 친구는 없었다.

고등학교, 대학교 동창인 뉴욕에 사는 내 친구 J는 언제나, 어디서나, 하염없이 그립다. 그녀 또한 부도가 나서 아들, 딸이 있는 뉴욕으로 달아나듯 갔다. 남편은 경제사범으로 도피생활을 하던 중 폐암으로 세상을 떠나고 말았다. 갑자기 타이타닉호가 침몰하듯 침몰해버린 것이다.

고등학교 때부터 서로의 아픔과 외로움과 절망과 짝사랑의 고통을 밤이 새도록, 가슴 저미며 이야기를 주고받은 그 친구를 생각하면, 그립고 그리워, 가슴에 울음부터 차오른다. 지금은 아들 딸 결혼 다 시키고 한복가게를 운영하며 잘 살고 있다. 그러나 가끔 통화하며 내가 보고 싶다고 운다. 우리가 이렇게 떨어져 살 줄 어떻게 알았겠냐며 나도 운다. 여형제도 없고 딸도 없는 나는 늘 J가 그립다. 서로의 아픔과 외로움을 알기 때문일 것이다.

— 3살 때 엄마 죽고 80년이나 살았으니, 참 많이 살았제….

어느 날 어머니가 전화로 한 말이다. 그 말을 듣는 순간부터 눈앞이 흐려졌고, 그 말이 생각날 때마다 눈앞이 보이지 않아, 잠시 걸음을 멈추어야만 했다. 어머니는 계모 밑에서 자라 19살에 아버지에게 시집 와서 우리 삼형제를 낳고 여태 살고 계신 거다. 무뚝뚝하고 살

갑지 않은데다 권위적이고 가부장적인 아버지에게 평생 순종하며 살았다. 어머니의 아픔과 외로움을 생각하면 언제나 사무치게 어머니가 그립다.

인간에 대한 그리움이란 그 사람의 아픔과 외로움을 알 때 향기로운 찻물처럼 속에서 저절로 우러나오는 것이란 걸 알았다. 그러므로 '인간의 향기'란 다른 말로 그 사람의 아픔의 향기가 아닐까. 피를 나눈 혈육이 그리운 건 그들의 아픔과 슬픔을 알기 때문이며, 동포가 그리운 건 우리 민족의 아프고 슬픈 역사를 알기 때문인 것이다. 그리움이란 아픔과 슬픔의 동의어인 셈이다.

아무런 걱정 없이 잘 먹고 잘 사는 친구는 별로 그립지 않다. 삶의 외적인 학벌과 외모와 출세와 성공과 부만을 중요시 여기는 친구도 향기가 없기는 마찬가지다. 끊임없이 자신과의 싸움으로 갈등하며 좀 더 성숙하고 나은 인간으로 변하려는 친구가 향기롭다. 인간의 품위가 무엇인가를 생각할 줄 아는 인간이 향내를 풍긴다. 이웃의 가난을 당연시하고, 기름지게 사는 걸 부끄러워하지 않는 친구는 향기도 없지만, 얼굴도 고약하게 변해가는 것 같았다.

그 뒤 연주는 두어 번 더 전화를 해서 내가 자기보다 더 잘 사는지, 자기보다 더 좋은 차를 타는지, 자기보다 더 안 늙었는지 탐색을 했다.

— 넌 내가 그립나? 난 네가 하나도 안 그립다. 왜 그런지 한번 생각해봐라.

이렇게 심장에 칼을 꽂는 대사를 날린 후부터 그녀는 내 번호를 지웠는지 다시는 연락이 없다. 물론 마지막 말을 한 나는 지금 조금 불편하다. 그러나 향기가 없는 인간과는 더 이상 인연을 만들고 싶지가 않다. 그녀보다는 아직도 찾지 못한 '좀머씨'가 더 그립다.

음식도 배고프고 가난한 시절에 먹었던 '김치갱시기(김치국밥)'나, 어머니가 직접 밀가루를 힘들게 치대어 만들어준 칼국수나 수제비가 그립다. 또한 내가 힘들었을 때 내게 따뜻하게 대해준 사람이 그립다. 물질적으로는 도움을 주면서 정신적으로 상처를 준 사람은 그립지 않다.

명리학으로 본 인생은 한평생 좋은 사람이 절대로 없다. 그러므로 지금 호시절이라고 교만해선 안 되고, 지금 힘들다고 비굴해지면 안 된다. 우리가 성인군자가 아니어서 '시종여일始終如一'할 수는 없지만, 그래도 머리 검은 짐승답게 '시종여일'하려 노력은 해야 한다.

어쩌면 그녀도 다른 누군가에게는 그리운 사람일 수도 있을 것이며, 나 또한 누군가에게는 전혀 그립지 않은 인간일 수도 있을 것이다. 그러니 매일 밤, 맑은 영혼으로 나이 들기를 소원하며, 자는 잠결에 다른 공간으로 이동하기를 빌어본다. 평소 늘 해두어 작별인사

없이도 내가 떠나간 걸 알게 해두고도 싶다.

나와 자신의 아픔을 공유한 사람들이 모두모두 그립다. 내게 상담하고 간 마음이 아픈 모든 사람들이 이 가을 그립다. 지금쯤 행복해지셨는지요. 안부를 전합니다.

그리운 카바이트 불빛

여행이란 다시 돌아오는 데 핵심이 있다. 돌아올 수 없다면 여행이 아니라 귀양살이거나 망명이 되니까. 지구 다른 편에 서서 완벽하게 혼자가 되어 보는 것. 여행의 묘미일 테다. 외롭지 않은 사람은 결코 혼자 여행을 떠나지 못 한다. 혼자 여행을 떠나는 자는 뼈 속까지 고독한 사람이다. 그런 사람은 세상의 누구와도 말을 건넬 수 있다. 나무나 사막여우나 코끼리나 낙타나 바람과도 말이다. 고백하자면 나는 해외여행을 단 한번도 혼자 떠나본 적이 없다. 그러므로 내가 외롭다고 말하는 거는 전부 허풍이거나 엄살이다. 혹은 겁쟁이거나.

영하 20도의 새벽, 인천공항(여고동창들이 기다리고 있다) 가는 리무진 버스는 검은 한강을 끼고 말처럼 출렁이며 달린다. 마치 삶과 죽음 사이의 회랑을 하염없이 달리는 것 같다. 아득하고 편안함, 이대로 깨어나지 않아도 좋을 듯한 기분. 강 건너 멀리 보이는 불빛이 아름답다. 멀리 보이는 불빛이 아름다운 건 우리가 영원히 나그네이기 때문이다. 고단한 나그네는 '해가 지면 울고 싶어'진다. 고단한 육신을 누일, 하룻밤 묵을 곳이 필요하기 때문이다. 깜깜한 밤길을 걸어온 허기진 나그네, 멀리 보이는 불빛이 어찌 아름답지 않겠는가.

저렇게 멀리 있는 불빛을 볼 때마다 '카바이트' 불빛이 생각나곤 한다. 카바이트는 금속과 탄소의 화합물을 총칭하는 말이다. 정확한 명칭은 '칼슘 카바이트'다. 물과 반응하여 수산화칼슘과 아세틸렌을 발생시켜 열을 내며 기체가 발생된다. 그 열을 내는 곳에 불을 붙이면 카바이트 불빛이 된다.

1970년대와 1980년대 초반까지 전력량이 부족하던 시절, 거리의 노점상은 모두 카바이트 불을 사용했다. 백화점 앞처럼 불빛이 밝은 곳에는 그런 노점상이 없었다. 언제나 그곳에서 살짝 벗어난 어둑한 모퉁이에 노점상은 자리하고 있었다. 개중에 멍게와 해삼을 늘어놓고 파는 노점상을 만나면 얼마나 반가운지 모른다.

여름에는 보이지 않다가 이상하게 찬바람이 불기 시작하면 멍게와 해삼을 파는 노점상이 눈에 들어왔다. 그 시절 여대생이 혼자 술집에서 술을 마실 수 있는 분위기는 아니었다. 쓴 소주 맛을 알았던 것으로 봐서 아마 혼자 짝사랑하던 선배에게 멋지게 차인 이후일 것이다.

실연도 가을에 당해야 구색이 맞다. 한여름의 실연이라, 일단 멋이 없다. 찬바람이 불어줘야 된다. 찬바람이 마지막 낙엽을 쓸고 가는 거리에서 카바이트 불빛에 이끌려, 종일 쫄쫄 굶은 빈속에 잔술을 두 잔 연거푸 마셔 보았는가. 그 시절의 소주는 25도였다. 제법 앙칼진 구석이 있었다. 그렇게 거푸 두 잔을 마시고 머리핀으로 꼬득한 해삼을 찍어 먹은 기억은 잊을 수가 없다. 온몸의 감각이 미각으로 몰려 집중한다. 천천히 잘 씹어 먹어야 한다. 너무 맛있어 서두르다간 혀를 깨물 수가 있다. 아마 해삼을 씰 동안 기다리지 못하고 소주를 거푸 마셨을 것이다. 지금도 '소맥' 폭탄주를 안주 없이 거푸 두 잔 마시는 버릇이 남아 있다. 주량도 대충 거기까지다. 더 먹으면 여러 가지로 위험해진다.

목구멍을 타고 빈속으로 흘러드는 소주는 따뜻하다. 곧이어 모세혈관을 타고 온몸을 빠르게 도는 알코올 기운은 세상에서 한 발을 살짝 빠지게 해준다. 조금 더 있으면 모든 소음이 멀리로 물러나고 세상이 그저 아득해지며 기분이 좋아진다. 조금 더 시간이 지나면 웃음이 실실 나온다. 잠시 실연의 쓰라린 아픔과 외로움을 기절시켜 준다. 멋지지 않은가? 디오니소스에게 건배!

다방 커피가 130원 할 때니까, 잔술이 10원, 20원 정도 했으리라. 카바이트 불빛은 어둑했으므로 여대생이 혼자 거리에 서서 잔술을 사먹는 부끄러움을 어느 정도 감추어주었다. 그렇게 잔술 두 잔을 마시고 어둡고 바람 부는 거리를 걸으면, 술병이 바람에 쓰러지는 소리가 들린다. '술병이 바람에 쓰러지는 소리를 들으며/ 늙은 여류 작가의 눈을 바라다보아야 한다'. 어디선가 방울소리가 들려오고 나는 버지니아 울프나 루이제 린저나 전혜린이 된 기분이었다. 겨우 스무 살에 난 세상을 다 산 여인처럼 두 잔 술에 비틀거렸다.

두 잔 술에 취할 수 있었던 시절, 세상의 절망과 고통을 혼자 다 짊어진 것처럼 아파했던 시절이 문득 사무치게 그리울 때가 있다. 그러나 여행은 돌아갈 수 있지만, 우리의 삶은 돌아갈 수 없다. 그러므로 우리의 삶은 여행이 아니라 영원한 길 위의 나그네거나, 귀양살이거나 혹은 망명객인 셈이다. 고단한 나그네는 멀리 불빛이 언제나 그립다.

연말연시가 되면 도시는 천지가 루미나리에(빛의 축제)로 변한다. 어둑한 길모퉁이에 카바이트 불빛을 밝히고 잔술을 파는 노점상은 어디에도 없다. 술은 여전히 소주를 마시지만 맥주를 좀 섞어서 먹고, 세상의 절망과 고통과는 어쭙잖게나마 악수를 한 사이가 되었다.

사랑했던 시간의 뒷모습

장마철, 기차에서 내려서면 훅 끼치는 아열대 기후의 무더위가 온몸을 감싸는 도시. 눈보라를 뚫고 달려온 기차가 멈춘 역에 발을 내디뎠을 때, 코 안이 쩍 하니 말라붙는 듯 건조한 도시. 불같이 성질 급하고 목소리 크고 고집 센 사람들이 모여 사는 도시. 그러나 의리 있고 뒤끝 없는 사람들이 사는 도시. 가마솥처럼 생긴 도시, 경상북도 대구. 내 고향이다.

고향이란 태를 묻은 곳을 말함이겠지. 언제나 돌아갈 수 있는 곳. 그러나 고향을 떠난 나그네는 두 번 다시 고향으로 돌아갈 수 없다는 걸 안다. 길 위에서 언제나 돌아갈 수 있는 곳이 있다는 걸 부적처럼 가슴에 지니고 먼데 산을 볼 뿐이다.

기차역을 빠져나오면 제일 먼저 나를 반기는 것은 역 주변에 도열해 있는 늘 푸른 소나무, '히말라야시다'이다. 개잎 갈나무, 소나무과에 속하는 상록침엽교목, 히말라야가 원산지인 나무다. 땅 속 깊이 뿌리를 내리지 않는 천근성淺根性 수종인 히말라야시다는 바람이 불면 쓰러지기 일쑤여서 수종 교체 논란이 끊이지 않고 있었다. 그런 소식을 접할 때마다 제발 동대구역로의 히말라야시다는 그대로 보존되기를 기도하곤 했다. 다행이 지금은 쇠로 만든 봉으로 받침대를 해놓았다.

춤추는 히말라야시다.

바람이 있든 없든 내 눈에는 언제나 동대구역로의 가로수 히말라야시다는 춤을 추고 있는 것 같았다. 이십대 때도 그랬고, 오십대인 지금도 그랬다.

나를 짝사랑한 남학생이 나를 바래다주던 그 길에 히말라야시다가 있었었고, 언제나 외면만 하던, 내가 짝사랑한 선배가 웬일로 군에 입대하기 전날 술을 억병으로 먹고 나를 불러낸 곳도 히말라야시다가 있는 언덕 아래였다.

무더운 여름날이었다. 그 선배가 내게 전화한 것만으로도 가슴 벅차 아무 말도 못하고 어둠이 들어찬 앞만 바라보고 있었다. 그 앞은 어둠의 바다 같았다. 불러내놓고는 선배는 술이 취해 잔디에 드러

누워 잠이 들었다. 그때 우리 집은 동대구역 근처에 있는 파티마병원 뒤에 있었다. 그 길을 지나가면 아직도 동그마니 어둠의 바다를 바라보며 앉아 짝사랑에 가슴 아파하던 나의 스무 살 때의 뒷모습이 보이고는 했다.

골목을 지날 때마다 처녀 때의 긴 머리카락을 사정없이 허공으로 낚아채는, 메마르고 날선 바람이 이리저리 방향성 없이 몰아 부는 동성로 거리를 헤매던 스무 살 시절. 나를 짝사랑한 남학생이 날 짝사랑하는 줄 꿈에도 생각 못하고, 군에 간 선배를 몰래 짝사랑하는 나는 그 바람 부는 동성로 거리를 나를 짝사랑한 남학생과 돌아다녔다.

어두컴컴한 고전다방에서 200원짜리 커피(다른 곳은 130원) 하나 시켜놓고 해가 질 때까지 파묻혀 클래식 음악을 듣기도 하고, 약령시장 뒷골목에 있는 파전집에서 해물파전을 시켜놓고 막걸리를 마시거나, 생맥주집에서 백오징어채와 땅콩을 시켜 생맥주를 마시거나, 포장마차에서 닭근위(닭똥집)를 시켜 소주를 마시고는 했다.

가끔, 지금은 뉴욕에 사는 나의 절친 J와 J를 짝사랑한 다른 대학 공대생 Y가 합류하기도 했다. J는 지금은 베트남에 사는 키 크고 잘 생긴 남학생을 짝사랑하고 있었다. 나는 군에 간 선배를 생각하고, 나를 짝사랑한 남학생은 나를 생각하고, 내 친구 J는 키 크고 잘 생긴 남학생을 생각하고, 다른 대학 공대생 Y는 J를 생각하며 술을 마셨다.

잘 먹지도 못하는 술을, 그러나 언제나 호기롭게 시작했다. 호기롭게 시작한 술자리는 한 잔, 두 잔 마시기 시작하면서 점점 말이 없어져 갔다. 종당에는 나는 다 토하고, J는 소주처럼 맑은 눈물을 뚝뚝 흘리고, 나를 짝사랑한 남학생과 Y는 창백한 얼굴로 우리 둘을 지켜보았다.

그렇게 가슴 아픈 '등보기 사랑'으로 인해 우리는 모두 술을 배우기 시작했다. 술을 배우기 시작한다는 것은 사랑의 아픔을 알기 시작한다는 말이고, 사랑의 아픔을 알기 시작한다는 말은 인생의 쓴맛을 알기 시작한다는 말일 것이다. Y는 J를 바래다주고, 나를 짝사랑한 남학생은 나를 바래다주었다.

버스를 타거나, 택시를 타거나 혹은 가끔 걷기도 했다. 그 긴긴 동대구역로를. 그럴 때마다 언제나 동대구역로에 도열해 있는 가로수, 늘 푸른 소나무과의 히말라야시다는 춤을 추고 있었다. 허공에 양팔을 벌리고. 어쩜 히말라야시다는 언제나 떠나가는 바람을 짝사랑했는지 모른다. 아픈 짝사랑으로 인해 우리는 술을 마시고 히말라야시다는 춤을 췄다. 아니면 언제나 다시 돌아오는 바람의 노래에 맞춰 춤을 췄는지도.

나를 짝사랑한 남학생도 흘러가고, 내가 짝사랑한 선배도 다른 여자와 결혼했다. 물론 J가 짝사랑한 키 크고 잘 생긴 남학생도 다른 여자와 결혼을 했다. 나를 짝사랑한 남학생은 교사가 되었고, 교사 아내를 만나 아들 딸 낳고 잘 사는 줄 알았다. 그런데 그 아내가 지금 암으로 투병 중이라고 들었다.

내가 짝사랑한 선배는 아내가 자궁근종을 제거하는 수술을 받다 출혈이 멈추지 않아 사별을 했다는 풍문을 들렀다. 나 또한 한 삶을 살아내느라 귀밑머리 희끗한 여인으로 변했다. J는 신랑이 폐암으로 죽자 아이들이 있는 뉴욕으로 가버렸고. 다른 대학 공대생 Y의 소식은 한번도 들은 적이 없다. 어느 하늘 아래 그도 인생의 이런저런 아픔과 기쁨을 겪으며, 늙은 잉어처럼 멋있게 살아갈 것이다.

우리들 인생은 시간이 흐름에 따라 오래되어 마모되고 닳아 서서히 우주의 부스러기로 돌아가고 있는데, 옛날의 그 동대구역로의 히말라야시다는 여전히 푸르른 채 그저 바람에 오늘도 춤추고 있었다.

나처럼, 나를 짝사랑한 남학생도 가끔 동대구역로의 늘 푸른 히말라야시다를 보며 나를 생각하는지…. 내가 짝사랑한 그 선배도 가끔 히말라야시다를 보며 나를 떠올리는지….

아픈 기억이든 아름다운 기억이든 모든 추억은 아름답게 느껴진다. 추억이 아름다운 이유는 두 번 다시 돌아갈 수 없는 시간에 대한 그리움 때문이다. 강물이 아름다운 이유는 두 번 다시 그 강물에 발을 담글 수 없기 때문이고, 사막이 아름다운 이유는 깊이 몸을 숨기는 물이 있기 때문이고, 사랑이 아름다운 이유는 사막의 물처럼 사랑이 좀체 제 모습을 드러내지 않기 때문이다. 사랑은 헤어짐이 있어 아름답고, 삶은 죽음이 있어 아름다우며, 짝사랑은 기다리는 사람이 오지 않아 아름다운 법이다.

어느 초여름, 비원을 거닐다가 문득 돌아본 오솔길이 어쩜 그리 아름답든지. 그 순간 깨달았다. 두 번 다시 돌아오지 않는 모든 시간의 뒷모습은 아름답다고.

아름다움은 인간 내면에 존재하는 슬픔의 현을 건드려 눈물 흘리게 하고, 눈물을 흘리면 인간은 마음이 순하고 깨끗해진다. 모든 인간이 가끔 추억에 잠겨 마음이 순하고 깨끗해진다면 세상은 조금 더 살맛나는 곳이 될 것이다.

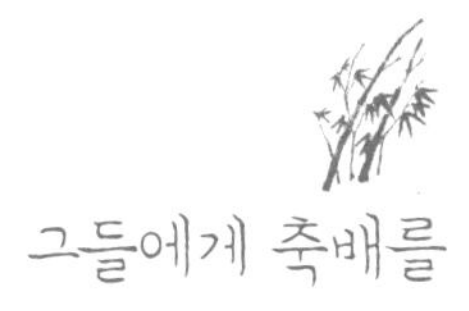

그들에게 축배를

해풍에게

해풍, 지금 서울에는 진눈깨비가 내리고 있습니다. 비와 눈이 섞여 내리는 걸 진눈깨비라고 하지요 아마. 이런 날은 고등학교 시험 치러 가던 때가 생각납니다. 제 학년부터 중학교는 '뺑뺑이'를 돌려 무시험으로 입학을 했고, 고등학교는 제 학년까지 시험을 보았습니다. 물론 그때 서울과 일부 대도시에선 이미 고등학교도 무시험 제도를 시행할 때였지요. 일명 '박지만세대'라는 명칭으로 우리 '58개띠'들은 가슴에 노란별을 붙인 유태인(?)처럼 분류되었답니다.

대구에서 태어나 자란 저는 고등학교 시험을 두 번이나 쳤습니다. 사지선다형의 정답이 모두 삐딱하게 인쇄되어 있었지요. 그 희대의 입시 부정사건으로 아마 교육감이 자살을 한 걸로 기억됩니다. 해풍, 입시 추위라고 아시지요. 멀쩡하던 날씨도 입시 날만 되면 동장군이 적군처럼 쳐들어오곤 하지 않습니까. 그 시절은 또 왜 그리 추웠는지. 그런 강추위 속에서 두 번씩이나 입학시험을 쳤으니, 대구 '58개띠'가 아마 전국에서 가장 팔자가 세지 않나 생각됩니다.

재시험을 치러 가는 날, 버스에서 내렸을 때입니다. 길바닥에는 진눈깨비가 녹아 흙탕 얼음물이 흥건하게 고여 있었습니다. 그 얼음물에 발목까지 빠진 채 시험을 치러 갔습니다. 그날 일은 정말 생각하기도 싫습니다. 그때부터 아마 제 삶이 순탄하지 않을 것 같은 불길한 예감이 들었던 것 같습니다. 마치 진눈깨비처럼 질척이는 삶 말입니다.

그러나 지금 서울의 진눈깨비는 그 예전의 진눈깨비처럼 질척이진 않을 것 같습니다. 천천히 땅을 적시다, 이윽고 하얗게 쌓이고 있답니다. 어쨌든 눈이 내리면 설레입니다. 누군가에게서 전화가 올 것 같고, 혹은 전화를 해야 할 것 같지 않습니까? 그 누군가는 첫사랑이었던 사람이면 제격이겠지요. 막연한 그리움과 설레임을 남기고 떠난 첫사랑 말입니다. 아아, 이런 센치함도 없다면 다 살은 거겠지요.

4·19, 5·16, 월남전, 10·26, 12·12, 5·18…. 숫자만 나열해도 속이 울렁입니다. 하도 격동적인 세월의 파도를 타다보니 제 주위의 58개띠

들은 '허무주의자'가 아닌 친구가 없습니다. 그 중 봄이면 화들짝 핀 철쭉과 밤새 대작을 하는 도연명 같은 친구도 있습니다. 생生의 비밀을 아는 자만이 자연과 대화를 나눌 수 있지 않겠습니까. 생生이라는 단어에는 어쩐지 비극의 냄새가 배여 있습니다. 그 친구는 어쭙잖은 민주화운동을 하다 지리산으로 도망을 갔는데, 피아골에서 잡혀 그대로 군에 끌려갔다고 하더군요. 얼마나 존재감에 시달렸으며 그 친구의 아이디는 'beman'입니다. 그 친구가 가르쳐준 이태리 산 흰 포도주 '모스카토'를 한 잔 가득 담아 왔습니다. 아주 감미로운 술입니다. 차가운 모스카토가 제 가슴을 따뜻하게 합니다. 해풍, 저는 지금 창밖의 오동나무에 쌓이는 눈을 슬쩍 훔쳐보며 이 글을 적고 있습니다.

해풍, 잘 지내시지요? 저는 봄에 낼 작품집 원고 정리를 막 끝냈습니다. 사랑과 강물은 길을 잃지 않는다고 제가 일전에 한 말 생각나는지요. 언젠가 제게 문학의 신이 있다면 이렇게 문학을 사랑하는 너를 정말 예뻐할 것 같다고 해풍이 한 말 혹 기억하시는지요. 그때 전 눈앞이 펑 붉어져 한동안 아무 말도 할 수 없었답니다. 사랑이 길을 잃는 법은 결코 없지요. 물리적인 방해 요인이 강하면 강할수록 더욱 파랗게 타오르는 게 사랑의 속성 아닙니까. 또한 강물이 제 길을 잃어버리는 법도 없답니다. 전 늘 모든 사람들이 강물 같다는 생각을 하곤 하지요. 아무리 물꼬를 다른 곳으로 돌려도 물은 제 갈 길

찾아 거친 벌판을 지나 혹은 사막을 지나 이윽고 바다에 이르지 않습니까. 그래서 말없이 고요히 흐르는 강물을 바라보는 일은 눈물겹고 경건하지요. 그들은 호들갑스럽게 힘들다고 파도를 일렁이지도 않으며, 속으로 고행을 삭히는 수도자들의 만행처럼 조금씩 조금씩 앞으로 나아가고 있기 때문입니다.

저는 초등학교 때 외운 국민교육헌장을 지금도 달달 외울 수 있습니다. 왜냐하면 그것을 한 자도 틀리지 않고 외워야지만 조개탄을 넣은 난롯가에 앉을 수가 있었으니까요. 그 헌장을 다 외우지 못한 순이는 추운 겨울날, 그걸 외울 때까지 바람이 숭숭 들어오는 목조건물에 남아 청소를 해야 했습니다. 순이는 안타깝게도 끝까지 그 헌장을 못 외웠고, 선생은 끝까지 순이에게 벌을 내렸습니다. 나중에 안 일이지만 순이는 축농증이 있어 기억력이 떨어지는 아이였습니다. 그 순이는 고등학교 땐가 자실을 하고 말았습니다. 같은 동네 살았기 때문에 어머니가 전해주었습니다. 어머니 말에 의하면 축농증이 뇌로 들어가 정신병력까지 오게 되었답니다. 과학적인 근거가 있는 말인지 알 수 없으나, 가끔 눈이 영화 〈길〉의 젤소미나처럼 큼직하던 순이가 생각납니다. 그 눈에는 언제나 세상에 대한 두려움과 공포가 어려 있었지요. 지금 생각하면 아마 순이는 고등학교 때 입시의 압박감을 견디지 못해 우울증이 오지 않았나 생각됩니다. 한때 나와 같은 시간과 공간을 공유했던 순이의 명복을 새삼 빌어줍니다.

사람에 따라 외우는 것을 잘못할 수도 있지 않습니까. 그런데 획일적으로 그 국민교육헌장을 악착같이 다 외우게 한다는 건 어쩐지 부당하다는 느낌이 들었습니다. 아마 그때부터 제게 반항의 눈이 생겼는지 모릅니다. 중학교 때는 한자 교육을 폐지해 글쟁이가 된 지금 저는 엄청난 불편을 겪고 있습니다. 고등학교 때는 개구리처럼 얼룩덜룩한 교련복을 입고, 키가 큰 저는 기수로 차출이 되어 로봇처럼 행진을 했습니다. 학교 전체 학생이 저를 기준으로 운동장을 돌았지요. 저는 제자리걸음으로 돌기만하면 되었습니다. 그런 군사훈련이 이상하게 수치스러웠습니다. 왜 그랬을까요?

대학에 들어가자, 유신 계엄령으로 도대체 공부를 제대로 한 기억이 별로 없습니다. 대학 3학년 때인 1979년 박정희 대통령이 비극적 종말을 맞았고, 4학년인 1980년 5월에 저는 교생실습을 하고 있었습니다. 바람이 전하는 무서운 소문이 진실이 아니길 빌었습니다. 5,6공 군사정권을 거치는 동안 저는 심한 자괴감과 죄책감으로 명치끝에 무거운 추를 달아놓은 것 같았습니다. 움직일 때마다 그 추의 진동으로 얼마나 가슴이 아팠는지 아십니까? 살아남은 것을 부끄럽게 여겨야하는 시간들이 이어졌습니다. 결혼을 막 한 저는 그때 아들을 업고 서성이며 민주화에 몸을 던지는 친구들을 바라보며 제가 할 수 있는 일이 아무것도 없다는 데 절망하고 또 절망했습니다.

몸에 신나를 뿌리고 20층 도서관에서 꽃잎처럼 떨어져 죽어가는 후배들 소식을 전해 들었을 때 바퀴벌레처럼 방안에 웅크리고 밖으로 나가지 않았습니다. 환한 햇살을 볼 자신이 없었지요. 아마 그때부터였을 것입니다. '크로바' 수동 타자기로 '글자'를 찍기 시작한 것이. 감히 펜으로 세상을 제패하려 들다니, 참으로 가소롭기 짝이 없는 일이었습니다. 그러나 글자라도 찍고 있지 않으면 불안해서 견딜 수가 없었습니다. 그 불안은 문민정부에서 국민의 정부로 다시 참여정부로 이어지는 지금까지도 제 등에 들러붙어 절 불편하게 만들고 있습니다.

이제 조금 허리를 펴고 불안이 저만큼 물러갔나 하고 한숨돌리는 사이, IMF라는 거대한 파도가 58개띠들을 덮쳤습니다. 우리들의 나이 40세 때 일입니다. 그때 또다시 엎어진 친구들은 지금 '살면 살아지는 게 인생'이라는 자조적인 허무의 노래를 부르며 소주를 마십니다.

해풍, 골짜기세대라는 말을 들어보셨지요. 단위를 크게 나누기도 하지만 전 아주 작게 나누고 싶습니다. 물론 예외는 언제나 있게 마련이지만, 제가 보기에는 이렇습니다. 저의 오빠가 56년생인데 오빠의 사고는 저와 열 살은 차이가 나는 것 같습니다. 아버지처럼 보수적이고 약간 권위적인 면도 있어 두 살 터울인데도 요즘은 아버지보다 오빠가 더 무섭습니다. 다시 말해 오빠는 아버지세대와 비슷한 사고를 하고, 1960년생부터는 386세대(1960년대에 태어나 1980년대 대학을 다니면서 학생운동과 민주화 투쟁을 한 세대)라는 묶음으로 분류됩니다. 386세대의 묶음에 비해 58개띠라는 매듭은 참으로 초라하기 그지없습니다. 그들은 민주화를 이끈 주역으로 인정받으며 언론의 주목을 받습니다. 언론에서 386세대에 관한 기사를 가끔 전면에 다룰 때마다, 우리 58개띠들은 묘한 소외감을 느끼고는 합니다.

아버지세대와 386세대 사이에 끼인 58년생들은 골짜기처럼 어디에도 소속될 수 없어 부평초처럼 떠돕니다. 그 당시 유달리 변화가 심했던 교육제도와 행정의 희생자들이기 때문이라 저는 생각합니다. 58개띠들과 소주를 나누어 먹고 노래방을 한번 가보셨는지요. 그들이 부르는 노래와 소주 먹는 모습을 눈여겨 보십시오, 얼마나 눈물겨운지. 한 인간, 한 인간이 한 삶 살아내는 일이 고행 아닌 일이 어디 있겠습니까마는, 끝없는 파도에 말려 숨 돌릴 틈도 없이 격동의 세월을 견딘 그들이야말로 가장 구도자 같은 모습입니다.

어느 역술가가 그랬다지요. 우리나라 58개띠들은 다 '중팔자'라고. 제 운명이 하도 궁금해 물어보러 다니다가 결국 명리학 공부를 했습니다. 아르바이트 삼아 '역학연구원'을 운영하고 있습니다. 실은 거의 생업 수준입니다. 명리학으로 보면 무술戊戌생은 모두 '괴강살'을 받고 태어났습니다. 괴강살은 자기 주장이 강하고 성격이 강폭하고 맹렬하며 권위와 위엄이 당당한 살을 말하는데, 사주가 양호하고 일주에 괴강살이 있으면 대권을 잡을 수도 있습니다. 특히 여성의 경우 문제가 되는데, 한마디로 기가 세서 남편이 무능해질 우려가 있습니다. 그래서 여자 58개띠는 남자보다 더 팔자가 사납다고 볼 수 있습니다. 물론 사주 여덟 글자를 다 풀이해야 운명이 나오지만요.

특히 58개띠 9월 술戌생은 여자든 남자든 하기 좋은 말로 '불제자 사주'라고 하고, 달리 얘기하면 '중팔자'라고도 합니다. 지지地地에 술술戌戌이 겹쳐 있기 때문이지요. 개띠들은 희생정신이 강하고 술戌달은 조상에게 제사를 지내는 달이니 주술사적 기질이 있다고 보는 거지요. 제가 음력 9월생이거든요. 머리 깎고 비구니가 되어야 할 사주로 이 속세에서 인연을 맺고 살아가자니 참 고단합니다. 뭐, 물론 소설가도 저는 구도자의 길이라 생각합니다마는. 늘 벽을 향해 면벽하고 글을 쓰니까요.

철쭉과 대작하는 도연명 같은 친구도 말하는 폼이 한 도 닦은 듯해 얼치기 중 같고, 살면 살아지는 게 인생이라며 노래에 허무의 냄새를 피우는 친구도 머지않아 머리를 깎을 거라고 엄포를 놓더군요. 저 또한 히트작도 없이 직업병인 견비통만 얻었습니다. 책을 낼 때마다 왜 그렇게 큰 사건들은 터지는지. 제 책 광고나 기사는 한 점 먼지처럼 거대한 사건의 늪 속으로 스며버리고는 합니다. 물론 자기 변명인 줄 압니다. 무슨 놈의 인생이 어떻게 행복했던 기억이 하나도 없냐고 엄살을 피우자, 해풍이 제게 그러셨지요. 바람처럼 살라고요.

해풍, 이미 바람처럼 살아가고 있습니다. 그렇지 않다면 어떻게 지금 제가 이 글이라도 쓸 수 있겠습니까. 그러나 간혹 기댈 나무를 만나면 엄살을 피우기도 하고, 응석도 부려보고, 징징 울어도 봅니다. 위로받고 싶어서 말입니다. 거리의 나무들이 바람에 출렁이는 모습을 볼 때면, 아, 바람이 나무에게 위로받고 싶어 잠시 머무르는구나, 하고 생각합니다. 바람인들 힘들지 않겠습니까? 우리가 알 수 없는 엄청난 회한과 멍을 껴안고 있을 것 같습니다. 아름다운 장미와 금빛 밀밭을 만나 오래도록 그들과 사랑하며 살고 싶은데, 바람이니 떠날 수밖에 없는 자신의 숙명을 얼마나 슬퍼했겠습니까.

바람이 우는 소리를 들어 보셨는지요. 그런 밤은 저도 하얗게 뜬 눈으로 지새웁니다. 바람에게 아무것도 해줄 수 없으니, 그 울음소리라도 들어주어야 할 것 같아서요. 그러니, 58개띠들이 가끔 술에 취해 변명을 늘어놓으면 그들에게 아무것도 해줄 수 없는 이 사회는 혹은 다른 세대들은 좀 들어주어야 한다고 생각합니다.

간간이 창밖을 보면 한 쪽으로 눈이 쌓인 오동나무가 묵묵히 제 옆에 서 있습니다. 나무는 생명을 가장 안쪽으로 밀어넣고 봄을 기다립니다. 그들은 죽은 듯이 가만히 서 있지만 가장 안쪽에 푸른 불꽃 같은 생명이 타오르고 있답니다. 그렇게 그들은 한겨울을 납니다. 강가에 서 있는 겨울나무를 본 적이 있지요? 모든 탐욕을 다 벗어버리고 앙상한 가지인 채로 그들은 씽씽 찬바람 속에 의연하게 서 있습니다. 마치 이 나라의 58개띠들 이미지 같지 않습니까?

해풍, 눈발이 점점 더 자심해지고 있습니다. 참으로 오랜만에 긴긴 편지를 써봅니다. 마음이 평온합니다. 간신히 아무도 그립지도 외롭지도 않은 것 같습니다. 이 고요함이 얼마나 갈지 모르지만, 지금 이 시간, 눈이 평화롭게 내리는 이 시간, 이 나라의 58개띠들의 생生을 돌아보는 이 시간, 잠시 행복합니다.

해풍, 잘 지내세요. 저도 시간을 잘 견디고 있겠습니다. 그리고 자, 인고의 시간을 견뎌온 그들에게 축배를!

정영희 산문집
석복수행 중입니다

지은이_ 정영희
펴낸이_ 조현석
펴낸곳_ 북인
디자인_ 푸른영토

1판 1쇄_ 2017년 12월 20일
출판등록번호_ 313 - 2004 - 000111
주소_ 121 - 842 서울 마포구 서교동 467 - 4, 301호
전화_ 02 - 323 - 7767
팩스_ 02 - 323 - 7845

ISBN 979-11-87413-22-6 03810

책값은 뒤표지에 있습니다.
저자와 협의 아래 인지를 생략합니다.